KB052730

숲의 상형문자

b판시선 019

고명섭 시집

숲의 상형문자

도서출판 b

언젠가 횔덜린은 이렇게 말했다.
"그대가 찾는 것, 그것은 가까이 있고 벌써 그대와 만나고
있다."
하이데거는 횔덜린을 생각하며 또 이렇게 말했다.
"오랫동안 떠도는 사람으로서
떠돎의 무거운 짐을 어깨에 메고 근원으로 건너오는 자,
찾아야 할 것을 찾는 자로서 귀환하는 자만이
고향으로 돌아올 수 있다."

그러나 나는 돌아갈 곳이 없다.
돌아갈 곳이 없으니 괴롭더라도
돌아갈 곳을 만드는 수밖에 없다.

시는 짓는 것이 아니라 날아오는 것이다.
어느 마음에 파묻혀 있다가 가끔 싹을 틔운다.
꽃망울이 진물을 흘리며 한꺼번에 터지기도 한다.

고목의 검버섯 같은 시에도 기쁨이 있을까.

기쁨까지는 바라지 않고 다만 물기가 마르지 않기를⋯⋯.

| 차 례 |

시인의 말   5

1__기억의 건축술   11
2__지하에서   12
3__상형문자   14
4__우는 어미   16
5__양가죽 여자   18
6__시든 꽃 미음   21
7__바다의 숲   22
8__갈릴레오, 코기토   24
9__길가메시   27
10__에흐예 아셰르 에흐예   31
11__존재와 무   34
12__세이렌, 스핑크스   37
13__곰 사냥꾼   41
14__이데아, 빛   44
15__히포의 사제   47
16__탁발 토마스   49
17__무소유   52
18__토굴에서   54

19__독학자 56

20__영원회귀 60

21__별들의 순수이성 64

22__정신 현상학 67

23__마음의 폴리스 71

24__산탄드레아의 실업자 74

25__로베스피에르, 당통 77

26__이오시프 주가시빌리 81

27__아돌프 지크프리트 84

28__갈대꽃 머리 88

29__숲의 사제 90

30__헛간의 비트겐슈타인 94

31__호텔 노마드 98

32__몰래 쓴 편지 101

33__압생트 104

34__런던의 원숭이 106

35__게걸스러운 펜 108

36__의지와 몽상의 오선지 111

37__풍경 114

38__표도르 미하일로비치 피티아 116

39__요나 도서관   118

40__모가지   120

41__나쁜 피   122

42__늦은 선물   125

43__뱀 몰이   128

44__황홀한 밤   133

45__그림자극   136

46__기도   139

47__베단타 나무   141

48__텅 빈 얼   143

49__비슈누   145

50__쑥부쟁이 꽃   148

해설 | 신형철   151

1_기억의 건축술

낡은 보들레르 시집 한 권과
어디서 왔는지 가물가물한 릴케의 수기
오래 빗물에 시달려 피부가 너덜거리는 문을 열면
세월이 내려앉아 굳은 사물들 위로
흐린 불빛이 어른거린다
여기엔 활강에 지친 알바트로스도 없고
환락으로 이글이글 타오르는 눈동자도 없다
여기 있는 것 중에 새로운 것은 하나도 없다
키예프 정교회 수도원 쌓인 해골들 사이에서
시간의 악력에 부서지지 않는
기억의 건축술을 익힌다

2_지하에서

곰팡이 핀 외로움을 누르고 눌러
딱딱해진 외로움의 기름덩어리
거기에 심지를 세우고 불을 붙이면
타오르는 불꽃에 쥐며느리도 지네도 소스라치고
그러다 아직 충분히 외롭지 않다는 듯
심지는 거꾸러지고 불은 한 점 연기 속으로 사라지고
깜깜한 창살 안 바닥에 엎드려 우는 해골
해골은 문 없는 방에 들어와 후회했을까
알 수 없지만 길고 긴 자살의 시간 내내
단 한 줄의 문자도 남기지 않았다
자기를 가장 혹독하게 처벌하려는 의지로
마지막 한 방울까지 삶을 탕진했다
육신을 초월하려는 저 극한의 몸부림은
문자를 남기지 않았지만 뼈를 남겼다
텅 빈 해골을 귀에 대고 들어보면
아우성치는 바람소리, 파도소리
울음소리, 울부짖는 소리, 깔깔거리는 소리

기억의 소리들을 모아 집을 짓는다
들어갈수록 깊어지는 집

3_ 상형문자

무너진 집, 돌담 옆에 주둥이를 잃어버린 항아리
물기 없는 흙바닥의 아가미처럼 헐떡거리는 아가리
병조각 널린 길에서 발가벗고 뒹구는 몸뚱이
벌레 먹은 세월이 엉겨 썩어 들어갈 때
책의 문을 열면 굴뚝새 한 마리 푸드덕 날아갔다
책 속으로 난 길은 하구의 강줄기같이 흩어지고
숲은 깊어 끝이 보이지 않았다
나뭇가지 사이 잎사귀를 뚫고 햇살 몇 가닥 들어와
큰 나무뿌리의 이끼에 맺힌 빗물의 잠을 깨웠다
이 숲 어디엔가 손길 닿지 않은 유적 묻혀 있지 않을까
숲길 저 안쪽 샘물 옆에서 아니면 바위 그늘에서
숲을 지키는 정령을 만날 수 있지 않을까
숲의 고래가 헤엄쳐 흘러 어디로 가는지
숲이 숨을 쉴 때 토해내는 안개의 양이 얼마인지
새벽이 숲을 깨울 때 무슨 밀어를 속삭이는지
숲을 지키는 사람을 만나 물어볼 수 있지 않을까
첫 열매를 떨어뜨린 새는 어디에서 왔는지

왜 열매는 흙에 뿌리를 내리고 손바닥을
꺼내 하늘을 향해 팔을 벌리는지
도대체 뿌리는 어디까지 파고들어야 마음을 놓는지
숲에서 버섯 따는 사람을 만나면 들을 수 있지 않을까
책 속으로 들어가 책과 책 사이로 난 길을 걸으면
멋대로 난 풀잎의 혓바닥이 종아리를 스치고
사금파리들이 발가락에서 피를 핥았다
손전등을 들고 더듬어보는 숲의 상형문자
입 꼭 다문 문자들이 눈을 깜빡거렸다

4_우는 어미

나이보다 늙은 어미가 울었다
끈질기게 버티던 둑이 허물어졌다
물은 끊이지 않고 흘러나왔다
여름의 사나운 소나기를 견디고
한겨울의 얼음장을 떠받치고
소란스런 죽음과 한밤중의 도둑질과
피로한 사랑을 지켜본 눈에서
물은 나직이 끝없이 흘러나왔다
어깨를 떨지도 않고 엎어져 통곡하지도 않고
고개를 조금 수그리고서 애도의 시를 읽듯 천천히 울었다
눈물을 다 흘려보낸 몸은
홀가분해진 것이 아니라 투명해졌다
혼이 빠져나갔으므로, 색이 증발했으므로
가을의 삭정이가 아슬아슬하게 매달려 있듯
생기를 잃은 몸은 소리 없이 말랐다
물을 주어도 두 손에 눈물을 담아 밭밑에 뿌려도
나무는 다시 잎을 내지 않았다

울음소리가 멀리 흘렀다

5_ 양가죽 여자

로지온 로마노비치가 찬비에 질척거리는
뒷골목을 따라 하숙집으로 들어갈 때
남자는 도시의 상가 지하
어두운 찻집 계단을 내려갔다
막 거뭇거뭇해진 코밑에 맴도는 석유냄새
속이 벌건 난로가 얼어붙은 얼굴을 확 데워주었다
로지온 로마노비치가 공상 속에서 도끼날을 갈고 있을 때
남자는 떨면서 여자가 오기를 기다렸다
양가죽 단화의 뒤꿈치를 찍으며 여자가 남자 앞에 앉았다
웃는 얼굴에서 향기가 흘렀다
남자는 우유를 마시다 성급하게 재채기를 했다
우유 방울이 튀어 양가죽 구두에 묻었다
여자는 제 손으로 구두를 닦았다
돌아오는 버스 안에서 바보 같다고 바보 같다고 머리를
쥐어박았다

로지온 로마노비치가 가난한 수전노의 서캐 앉은 머리를

내리칠 때
　어깨 좁은 남자는 비를 맞으며 걸었다
　지난겨울의 양가죽 여자가 비닐우산을 받쳐주었다
　반들거리는 새 구두에 빗물이 튀었다
　목에서 낯선 비누 냄새가 났다
　아침마다 테니스를 쳐요
　오후엔 기타를 배우고
　그리고 또 뭘 해요?
　그리고 또, 편지를 써요
　진눈깨비가 로지온 로마노비치의 어깨 위로 내려앉았다
　남자는 뜬눈으로 편지를 썼다
　나는 너무 간절하기 때문에 아무도 사랑할 수 없어요
　내 심장은 너무 빨리 뛰어서 뜨거운 홍차로도
　홍차에 띄운 양귀비 꽃잎으로도 가라앉힐 수 없어요
　그리그의 피아노 건반이 내 가슴을 막 쏘아요
　가마솥에서 튀는 콩알처럼 핑핑 날아와 박히는 탄환들
　로지온 로마노비치가 자작나무 숲으로 떠날 때

남자는 안개에 싸인 상트페테르부르크로 갔다
전당포 책상 자물쇠에 말라붙은 피 냄새가 났다

6_ 시든 꽃 미음

아들은 하이네처럼 명랑하게 웃는 법을 몰랐다
오랜만에 돌아온 하이네는 감자를 더 달라고 재잘거렸다
아들은 나이 든 어미에게 말했다
난 앞으로도 오랫동안 멀리 돌아다닐 것 같아
주름진 어미는 입술을 조금 움직여 말했다
그래도 방황은 하지 말아야지
꺼져가는 혼이 마른 뼈 위에서 깜빡거렸다
방황이라니, 파우스트나 아니
메피스토펠레스나 할 법한 말인데
어미는 그 한마디도 겨우 했다
아들의 입에서 또 노래가 나오려다 말았다
벽지에 낀 기미 위로 우울한 물방울이 맺혔다
어미의 숨이 밴 방이 습기에 잠겼다
맵지도 독하지도 않은 말
늙은 어미의 말에 담긴 것은 시든 꽃 같은 미음
어미가 뱉어놓은, 한 모금으로 졸아든 일생이
성한 아들의 몸속으로 흘러들었다

7 _ 바다의 숲

동풍이 바다 쪽으로 불었다
돛이 하얀 젖가슴을 한껏 내밀었다
젖비린내가 났다
나침반의 바늘이 북쪽을 가리키며 오래 떨었다
검은 숲 한가운데서 길을 내는 짐승처럼
육중한 배는 수평선 너머의 수평선
수평선 그 너머의 수평선을 바라보았다
표지판도 이정표도 없는 바다의 숲
까마귀가 나무 위에서 기분 나쁘게 울었다
폭풍이 불면 숲 전체가 일렁거렸다
날벌레들이 윙윙거리며 날고
쓰러진 고목이 앞길을 막았다
모래의 바다를 건너는 낙타처럼
만삭의 배는 터벅터벅 앞으로 나아갔다
물통의 물이 바닥 가까운 곳에서 출렁였다
모래 바람이 언제 멈출지
모래의 나라가 끝을 보이기는 할지 알 길 없는데

해가 지고 별이 뜨고 다시 수평선 위로 동이 텄다
낙타가 고꾸라지면 모든 것이 물거품
두려움이 배를 흔들었다
낙타는 헐떡이고 숲은 으르렁거리고
심란한 바다는 어깨를 들썩였다
불안이 먹구름을 몰아왔다
실성한 머리카락 같은 벼락이 쳤다
배가 모래언덕을 올라 마루 아래로 미끄러졌다
밧줄을 붙들고 안간힘을 쓰는 뱃사람들
모래 먼지가 비강을 때리면
뺨 맞은 것들이 캑캑거리다 데굴데굴 굴렀다
다시 아득한 모래의 바다
멀리서 갈매기가 울고
물 냄새를 맡은 낙타가 뛰었다
숲 저편에서 연기가 피어올랐다

8_ 갈릴레오, 코기토

늙은 남자는 세월이 쥐어뜯은 머리숱을 쓸어 올렸다
재판소에서 집으로 오는 길은 멀었다
굳은 어깨를 침대에 뉘고 이불을 당겼다
안방에서 마당까지가 남자에게 허락된 세계였다
잠에서 깨어나면 밥을 먹고 담장 밑을 거닐었다
마음의 처마에 늦가을 빗물이 떨어졌다
중력을 겨우 견디며 남자는 의자를 끌어당겨 앉았다
자연은 신이 빚어낸 작품이 아니라
수학이라는 언어로 쓰인 책이라고 중얼거렸다
중얼거리는 소리에 놀라 뒤를 돌아보았다
그 책을 누가 썼는지는 알 수 없지만
아무리 복잡한 문장도 아무리 긴 단어도
시간만 넉넉히 준다면 읽어낼 수 있었다
돌은 돌을 닮은 숫자가 되고
나무는 나무를 닮은 기호가 됐다
비는 문법을 타고 내려오고
물은 공식을 타고 강으로 갔다

수증기는 법칙을 타고 올라가고
별은 보이지 않는 궤도 위에서 돌았다
늙은 남자는 수학의 가슴에 머리를 박고 귀를 꼭 막고
우주가 합주하는 음악을 들었다

생각에 빠긴 사내는 책의 숲을 헤치고 나와
세상이라는 책 속으로 들어갔다
문장과 문장 사이를 떠돌다가
책갈피에서 책갈피로 뛰었다
장과 장 사이에서 전쟁이 터지고
신을 절실히 사랑하는 사람들과
신을 미치도록 사랑하는 사람들 사이에서
살육의 축제가 벌어졌다
널따란 제단 위에 사람고기가 쌓였다
성스러운 칼부림이 서른 해 동안 그치지 않았다
세상이라는 책은 어지러웠지만
사내는 읽기를 그만두지 않았다

사내는 알체토리의 노인에게서
수학의 언어를 빌려와 단어와 문장을 해독했다
모든 것이 명쾌해지고 확실해졌다
수학의 촉수에 걸려들지 않는 것은
세상의 책에도 존재하지 않았다
사내가 독파한 책은 두꺼웠고 말들의 곳간은 넓었으나
모든 것을 다 담을 만큼 넓지도 두껍지도 않았다
사내가 친 법의 그물에는
겁먹은 노루의 눈망울이 걸리지 않았고
잠든 병아리의 숨소리가 잡히지 않았다
벽난로 옆에 앉아 밀랍을 만지던 사내는
밤이 긴 나라로 서둘러 갔다
노루는 놀라서 도망가고
병아리는 어미 닭의 날갯죽지 속으로 파고들었다

9_ 길가메시

점토판이 모래를 털고 일어났다
흐린 문자를 따라 이야기가 모래알처럼 흘렀다
마라톤의 미친 소 같은 왕은
군사를 끌고 맨 앞에서 적진을 휘저었다
허리 긴 낫이 여름 들풀을 베듯 적들의 목을 치고
어깨에 박힌 창을 제 손으로 뽑았다
봄비의 채찍질에 밀밭의 밀대들이 쓰러졌다
창자가 삐져나온 주검들이 메마른 언덕을 덮었다
돌들이 피의 비늘에 싸여 빛났다
왕이 탄 말은 강 너머로 멀리 달렸다
땅 끝까지 왔는데 맞수가 없다고 왕은 탄식했다
사람의 아들은 성질 급한 신의 모습을 닮아갔다
왕의 아랫배는 채워지지 않는 식욕으로 부풀어 올랐다
나라의 여자들을 닥치는 대로 잡아 하렘에 가두고
고기와 고기가 흘리는 육즙을 삼켰다
울적할 때 폭군은 잡아온 포로들을 짐승들에게 던져 주었다
백성들은 벌벌 떨며 목이 찢어지게 환호성을 질렀다

지상의 반신은 더 높이 올라가고 싶어 돌탑을 쌓았다
바람이 불면 돌 밑에서 뼈들이 소리를 내어 울었다
돌들이 솟아올라 하늘의 배꼽을 찔렀다
반신은 돌탑 꼭대기에 서서 사방을 둘러보았다
세상에서 가장 큰 나라가 발밑에 엎드렸다
튀어나온 배때기 속에서 뭉클거리던 말들이 기어 나왔다
나는 사바나의 코끼리보다 강하고
아토스 산의 바위보다 단단해
땅 위의 모든 나라를 정복했고
삼나무 숲을 지키는 괴물을 죽였고
하늘이 내려 보낸 들소의 뿔을 뽑았지
지상에서 나보다 더 높이 있는 자는 없어
말은 돌탑을 타고 아래로 흘렀다
장엄하게 찬란한 말의 햇살 뒤로 밤이 들이닥쳤다
어둠을 타고 어두운 것이 올라왔다
때가 되면 이 땅과 금홀과 하렘을 두고
무덤 속으로 들어가 썩어야 한다고

땅의 시간을 아무리 늘려도 영원이 되지는 않는다고
어둠 속의 어두운 것이 속삭였다
저 헤죽거리는 짐승은 뭔가
내가 바로 죽음이야
성질 사나운 인간은 땅거미같이 춤추는 죽음을 잡아
두 손으로 목을 비틀어 뽑아버리고 싶었지만
죽음은 육신이 없으니 손아귀에 잡히지도 않았다
눈이 벌게진 왕은 신전 꼭대기에서 하늘을 향해 소리쳤다
신과 같은 내가 죽음의 덫을 벗어날 수 없단 말인가
안장 위에서 내리는 한마디 명령으로
3천 명의 목숨을 쓸어버릴 수 있는 내가
늙음의 조롱거리가 되고 죽음의 먹이가 되어야 한단 말인가
나는 이 운명을 따를 수도 없고 참아낼 수도 없다
모든 것을 다 정복한 내가 왜 죽음을 정복할 수 없단 말인가
나는 신을 닮은 인간이 아니라
진짜 신이 되고 싶다
이 탱탱한 몸으로 영원히 살고 싶다

훗날 동방의 황제가 태산에 올라 울부짖었듯이
유프라테스의 정복자는 인공의 산 위에서 몇 날 며칠 울부짖
었다
왕은 죽음을 죽이는 약을 찾아 멀리 떠났다
강을 건너고 산을 넘어 바다 저편까지 갔으나
죽음을 죽이는 약은 어디에도 보이지 않았다
황제가 밤마다 먹은 수은덩어리로 죽음을 재촉했듯이
죽지 않는 삶을 찾아 떠난 긴 여행은
왕의 몸에서 생기를 앗아갔다
늙어버린 왕은 무릎이 꺾여 계단 아래 주저앉았다
죽음이 찾아와 찬 입김을 코에 부을 때
눈곱 낀 왕의 눈에서 눈물 몇 방울이 흘렀다
우루크의 왕은 왕국의 모래에 묻혔다
모래의 노랫소리가 모래의 언덕을 불러 모았다

10_ 에호예 아셰르 에호예

소년에서 성년으로 가는 고개를 넘자
철없이 재잘거리던 사내는 말을 잃었다
이제 막 뜬 눈에 세상 돌아가는 꼴이 보였다
제복을 차려 입은 덩치 큰 십장이
공사장 날품팔이의 북어포 같은 등에
채찍을 휘두르는 것을 보았다
북어포가 터져 살점이 흩어졌다
잠자던 모욕감이 깨어나 뒷골을 치받았다
사내는 맨손으로 제복을 갈기갈기 찢어
공사판 흙 속에 파묻고 손을 털었다
화가 가라앉자 자기가 저지른 일이 무서워졌다
바다 건너 북쪽으로 도망가 산 밑에 몸을 숨겼다
남의 집에 들어가 돼지를 기르고 염소를 쳤다
주인의 딸을 얻고 염소가 새끼를 불리자 고향을 잊어버렸다
염소를 데리고 산에 오르다 키 작은 나무가
부들부들 떠는 것을 보았다
바람도 없는데 잎들이 춤을 추었다

이해할 수 없어 가까이 다가가려 하자
염소들이 일제히 울며 뒷걸음질을 쳤다
얼굴 없는 목소리가 들렸다
가까이 오지 마라
당신은 누구요
보이지 않는 목소리가 말했다
에흐예 아셰르 에흐예
나는 나, 나 스스로 있는 자다
사내는 무슨 말인지 알아듣지 못했다
너는 가서 네 핏줄을 구하여라
보이지 않는 목소리가 명령하자
사내는 두려워서 뒤로 물러섰다
나는 말을 할 줄 모르오
사람들 앞에 서면 가슴이 뛰고
혀가 굳어서 말이 나오지 않소
사람을 잘못 고른 모양이오
더듬거리는 사내에게

보이지 않는 목소리가 화를 냈다
너는 나를 못 믿느냐
그래도 사내는 마음이 내키지 않았다
말도 할 줄 모르는 내가
거기 가서 무슨 말을 할 수 있겠소
보이지 않는 목소리가 말했다
네 형제 중에 말 잘하는 자를 붙여주마
너는 지팡이를 짚고 서서 마술을 부려라
사내는 위압적인 목소리에 눌렸다
아내와 가축을 집에 두고
하는 수 없이 고향으로 떠났다
마술을 부릴 능력을 줄 것이면
말하는 능력도 주면 될 것 아닌가
바다를 건너는 중에도 사내의 불만은 가시지 않았다
사내는 지팡이로 바닷물을 찍어보았다
바닷물은 놀라는 기색도 없이 흘러갔다

11 _ 존재와 무

한낮인데도 꼬막껍질 같은 방은 침침했다
아이의 눈에 처음 보는 책이 들어왔다
먼 곳에서 배달된 소포 같은 책
초록색 표지 안에 나란히 앉은 이야기들
물고기 꼬리가 달린 공주가 첫 문장 위로 얼굴을 내밀었다
책장을 넘기자 방바닥이 사라지고
또 한 장을 넘기자 집이 사라졌다
책갈피 사이로 수평선이 떠올랐다
뭍에서 온 왕자가 허우적거리다 글자 밑으로 잠겼다
공주는 꼬리를 힘차게 저었다
출렁거리는 글자들 사이에서 왕자를 끌어내 문장 위에 올려
놓았다
잘생긴 왕자의 얼굴이 공주의 눈동자 속으로 들어와 박혔다
시간이 가도 눈동자에 박힌 얼굴은 빠져나가지 않았다
왕자를 만나 멋진 다리로 함께 춤출 수만
있다면 무슨 일이든 할 수 있을 것 같았다
공주는 마녀에게 가서 사정했다

냉정한 마녀는 목소리를 빼앗고 다리를 내주었다
공주는 말의 자유를 잃고 발의 자유를 얻었다
발걸음을 뗄 때마다 문장들 사이로
바늘 같은 가시가 솟아 발바닥을 찔렀다
아이의 두 발이 쑤셔왔다
왕자는 말 못하는 여자를 알아보지 못했다
공주는 바보같이 웃기만 했다
왕자는 말 못하는 여자를 버리고
이웃나라 말하는 공주의 입을 맞췄다
꿈이 한여름 밤의 꿈으로 끝났다
바다로 돌아가려면 아침이 오기 전에
왕자의 가슴을 찔러 다리에 피를 발라야 한다는데
칼은 공주의 손에서 떨기만 했다
어서 찔러
어서 찔러
아이는 마음속으로 소리를 질렀다
새벽의 서늘한 공기가 어둠을 밀어냈다

공주의 몸은 물거품이 되어 물 위를 떠돌다 사라졌다
꼬막껍질 같은 방이 나타나고 집이 나타났다
아이의 머리는 물거품에서 빠져나오지 못했다
명치가 칼에 찔려 피를 흘렸다
아름다운 공주가 물거품이 되어버리다니
존재가 흔적도 없이 사라져버리다니
허공 속에서 무로 꺼져버리다니
아이는 잃어버린 것이 무거워 방바닥에 머리를 댔다
아름다운 모습도 마음씨도 한순간에 영원히 흩어져버렸다
존재의 돌이킬 수 없는 소멸이 작은 어깨를 짓눌렀다

12 _ 세이렌, 스핑크스

노를 젓는 팔뚝에서 땀방울이 솟았다
배가 돛대를 안고 달렸다
갑판 위의 오벨리스크가 바람을 갈랐다
질주하는 배는 레비아탄의 송곳니 같은 암벽에 붙어
바닷물을 삼키는 소용돌이를 빠져나갔다
불운한 선원들 몇이 튕겨나갔지만 배는 뒤를 돌아보지 않았다
귀를 밀랍으로 틀어막은 선원들이
선장의 몸을 오벨리스크에 단단히 묶었다

돌림병이 메뚜기 떼처럼 하늘을 덮었다
검은 비가 쏟아지고 사람과 가축이 무더기로 죽어나갔다
재앙의 바람이 어디서 불어오는지 알아내고 말겠다는 투지로
불안한 눈동자가 두 개의 탐조등같이 번득였다
오래된 수수께끼를 풀어낸 사피엔스의 화신은
눈먼 점쟁이의 경고를 무시했다
진실의 속살을 만지고 싶다는 욕망의 불길이
자신의 모든 것을 태워버릴 거라고는

눈곱만큼도 생각하지 못했다
불을 켠 눈동자는 재난의 원인을 찾아내라고 다그쳤다

노랫소리가 미끄러운 수면을 타고 다가왔다
바다의 요정들이 부르는 노래는
숱 많은 머리카락을 치렁치렁 늘어뜨려
배의 몸통을 휘감았다
돛대에 묶인 선장은 사지를 버르적거렸다
노래의 혓바닥이 선장의 귓불을 핥았다
꿀물보다 달콤한 가락이 달팽이관을 적셨다
뇌수가 녹아들고 척추가 내려앉았다
발버둥은 난동이 되었다
작살에 걸린 물고기처럼 선장의 육체는
비늘이 떨어져나가도록 퍼덕거렸다
노래가 혼을 빨아들였다
눈알이 뒤집힌 선장은 퍼덕거리면서 악을 썼다
나를 풀어줘

저 노랫소리를 따라가고 싶다고
저 노랫소리에 휘말려 죽고 싶다고
밧줄을 풀어라, 이 새끼들아
귀를 틀어막은 선원들은 크레타의 청동병정처럼
주인이 악을 쓰든 말든 아랑곳하지 않고
죽을힘을 짜내 노를 저었다
달리는 배가 노래의 손아귀를 떨쳐냈을 때
가장 달콤한 것을 잃어버렸다는 아쉬움으로
선장의 가슴에선 횅한 바람이 불었다
혹사당한 몸은 피멍이 들고 살갗이 벗겨져 갑판 위를 뒹굴었다

이 빌어먹을 것이 아비를 죽이고 어미와 살을 섞었구나
눈먼 점쟁이가 아는 것을 눈뜨고도 알지 못했으니
두 눈이 무슨 쓸모가 있단 말인가
아들은 패륜이 재난의 뿌리였다는 사실을 알아내고
어리석은 가슴을 치다가 손가락으로 두 눈을 파냈다
눈에서 터져 나온 피가 얼굴을 적셨다

눈알 없는 두 눈에서 눈물이 흘러 핏물과 섞였다
두 딸이 아비의 얼굴에서 피눈물을 닦았다
아들은 하루아침에 판돈을 모두 잃었다
도박장에서 쫓겨난 자는 지팡이로 길을 더듬다 말고
입가에 쓰디쓴 웃음기를 흘렸다
진실을 알아냈다는 어두운 쾌감이
쓰라린 마음의 벼랑을 타고 올라왔다
눈먼 자는 조릿대 같은 몸을 제 팔로 껴안았다

13 _ 곰 사냥꾼

짐승의 발자국을 뒤쫓는 사냥꾼들이
열두 살 아이의 마음속으로 뛰어들었다
산짐승의 울음소리가 고개를 타고 넘어 깔리면
원시의 심장에서 큰 북이 울렸다
흰 눈이 쌓여 발목까지 빠지는데
털가죽 두른 사내들은 화승총 하나 없이
긴 소나무 창 한 자루씩 들었다
얼음이 깔린 계곡을 건너고 산비탈을 올라
주둥이를 벌린 굴 앞에서 소나무 창들이 멈췄다
눈 내려앉은 생솔가지를 꺾어다
입구에 쌓아놓고 불을 지피자
매운 연기가 굴속으로 빨려들었다
보금자리를 침탈당한 주인이
둔한 소리를 지르며 뛰쳐나왔다
사내들이 일제히 소나무 창을 들이밀었다
뾰족하게 깎인 창들이 식도와 갈비뼈를 뚫었다
날랜 앞발에 소나무 창 하나가 뽑혀 날아갔다

사내들은 짐승처럼 울부짖으며 창을 밀어 넣었다
피를 쏟으며 고꾸라진 곰은 한참을 헐떡였다
재빠른 손길이 곰 가죽을 벗겨냈다
아직 식지 않은 가죽이 찬 땅바닥을 덮었다
아이는 곰 가죽에 몸을 누이고 뒹굴어보았다
비린내와 연기 냄새가 허파를 휘저었다
종일 시달린 위장들이 요동쳤다
칼잡이가 배를 갈라 창자를 끊어냈다
겨울잠 자는 동안 발바닥만 핥던 곰은
내장이 텅 비어 씻을 것도 없이 깨끗했다
염통의 피와 허벅지 살로 속을 채운 곰순대가
솔가지 잔불 위에서 지글지글 익었다
기름이 떨어질 때마다 검은 연기가 피어올랐다
아이의 뱃속은 순대처럼 꼬여들었다
흰 눈을 인 나뭇가지들이 바르르 떨었다
사내들이 불가에 둘러앉아 눈처럼 깨끗한 순대를 씹었다
아이는 곰이 내어준 만찬에 끼어 앉아

순대 하나 집어 입속으로 밀어 넣었다

고기 냄새가 솔숲으로 번졌다

14_ 이데아, 빛

작가가 될까 정치가가 될까 저울질하던 제자는
스승이 독미나리 사약을 받고 세상을 뜨자
조국이 미워져 여러 나라를 떠돌았다
시칠리아에서 피타고라스의 후예들을 만나고
이집트에 가서 피라미드의 높이를 쟀다
먼 여행에서 돌아온 제자는 숲속에 학교를 세웠다
태양까지 거리를 셈할 줄 모르는 자는 입교를 허락하지
않았다
교장은 가장 아름다운 것, 가장 좋은 것은 딴 곳에 있다고
생각했다
말싸움 좋아하는 사람들이 좌판을 열고 써먹기 좋은 지식을
팔았다
도시의 길거리마다 버려진 앎의 찌꺼기들이 썩어갔다
교장은 숲속 학교에서 낮꿈을 꾸었다
도시가 있던 자리에 커다란 동굴이 들어섰다
온몸이 묶인 죄수들이 동굴 속에 우글거렸다
벽에 비친 그림자를 보고 노래하고 손뼉치고 방언기도를

했다

　어느 날 모르는 사람들이 내려와

　죄수 한 사람의 결박을 풀어주고 동굴 밖으로 끌고 갔다

　어둠과 그림자에 익숙해져 있던 죄수는

　동굴 밖 환한 세상에 눈이 부셔 정신을 차리지 못했다

　해가 넘어가고 나서야 겨우 실눈을 떴다

　어두운 물체가 눈에 들어오고 밤하늘의 별이 보였다

　아침 해가 떠오르자 눈이 조금 더 크게 뜨였다

　바닥에 깔린 집과 나무의 그림자가 보였다

　죄수는 물에 비친 얼굴을 처음 보고 놀랐다

　수염 난 뺨을 쓰다듬으니 물속의 얼굴도 뺨을 쓰다듬었다

　고개를 돌려 나무와 돌과 집과 사람을 보았다

　죄수는 마지막으로 이글거리는 태양을 보았다

　햇살이 날아와 눈동자를 깊이 찔렀다

　죄수의 머릿속에서 섬광이 지나갔다

　태양이 빛을 내려 만물의 존재를 밝혀주고 있었다

　내가 동굴 속에서 보았던 것이 진짜를 닮은 가짜였다니……

죄수는 이 놀라운 것들을 알려주어야겠다는 마음에 쫓겨
헐레벌떡 뛰어 동굴로 돌아갔다

빛에 익숙해진 눈은 동굴의 어둠에 빨리 적응하지 못했다

죄수는 비틀거리다 돌부리에 걸려 넘어졌다

동굴 안 사람들은 밖에 나갔다 오더니 제정신이 아니라고
비웃었다

돌아온 죄수는 동굴 벽에 비치는 것은 모두 가짜라고 외쳤다

사람들은 헛소리하는 자에게 돌을 집어던졌다

돌아온 죄수의 머리통이 깨져 피가 흘렀다

돌비가 쓰러진 죄수를 덮었다

비웃음소리가 동굴 천장과 바닥을 울렸다

꿈에서 깨어난 교장은 땀이 밴 베개를 끌어안았다

15_ 히포의 사제

카르타고의 옛 땅에서 자란 청년은

마니의 정원에서 7년을 살다가 플라톤 섬으로 갔다

선과 악이 대회전을 벌이던 세계가 사라지고

선이 빛과 그림자로 나뉜 세계가 나타났다

어둠은 어둠이 아니라 빛이 남긴 그림자였다

도처에 빛의 영광이 있었으나

청년의 마음은 일식의 하늘 밑에서 어두웠다

청년은 도시로 가 말을 가르치는 선생이 되었다

모세의 형처럼 말 잘하는 청년은

말 못할 괴로움에 잠을 이루지 못했다

무화과나무 아래서 살아온 날을 되새김하다 눈물의 습격을 받았다

눈물은 폭포가 되어 온몸을 강타했다

머릿속에서 폭풍이 일었다

머리카락을 송두리째 뽑아버릴 것 같은 비바람

메시나 해협의 급류가 쇄골과 횡격막 사이를 덮쳤다

파도가 으르렁거리며 가슴팍의 절벽을 때렸다

해일이 뼈 마디마디를 훑고 지나갔다
재난의 하늘 저편에서 희미한 노랫소리가 들려왔다
노랫소리는 점점 커지더니 귓속을 파고들었다
집어 들어 읽어라
집어 들어 읽어라
폭풍우가 멈추고 해일이 가라앉았다
청년은 오랫동안 끼고 다녔던 책을 펴 들었다
눈이 가는 대로 첫 구절을 읽었다
히브리스를 버려라
눈에 들어온 구절을 읽자마자
하늘을 검게 물들인 먹물이 흩어지고 빛이 내렸다
머리를 풀어 헤치고 날뛰던 바다가 다시 머리를 묶었다
빛은 고요한 바다 위에서 머물다 하늘로 퍼졌다
청년은 무화과나무를 한번 껴안고 고향으로 돌아갔다
메시나를 한 발에 건너고 시칠리아를 두 발에 지나쳤다

16 _ 탁발 토마스

수도사는 갠지스 강가의 왕궁을 닮은 집에서 자랐다
수도원 학교에서 산스크리트를 배우고 논리학을 익혔다
육체의 기쁨 따위엔 흥미가 없었다
수도사는 새로 생긴 탁발수도회에 들어가 종신서원을 했다
이런 정신 나간 놈이 있나
집안을 망칠 셈이야?
성난 어미가 아들을 잡아들여 탑이 높은 성에 가두었다
아들의 몸속에 잠자는 충동을 일깨우려고
목소리 고운 세이렌을 들여보냈으나
아들은 귀를 막고 노래를 듣지 않았다
정욕의 바다에서 끈적이는 손길이 올라오자
횃불을 휘둘러 손을 뿌리쳤다
세이렌은 놀라서 뛰쳐나갔다
아들은 어미 눈을 피해 성을 탈출했다
수도원 방에 홀로 틀어박혀
무함마드의 후손들이 전해준 세계지혜를 공부했다
책상을 둥그렇게 파내고

거기에 황소처럼 큰 몸을 붙이고 양피지의 문자를 읽었다
수도사의 머릿속에선 번개가 쉬지 않고 내리쳤다
번개가 불을 밝힐 때마다 문장들이 솟아났다
아무리 빨리 써도 번개에 새겨진 문장을 따라잡지 못했다
조수들이 붙어 수도사가 불러주는 말을 속기했다
빠른 말을 따라가느라 조수들의 팔목이 부어올랐다
에흐예 아셰르 에흐예
신은 존재이고 존재는 세상 모든 것이었다
티끌 하나까지 신의 숨결이 깃들지 않은 것이 없었다
수도사는 자기가 본 것을 조수들에게 불러주느라 쉴 틈이
없었다
조수가 없을 때는 직접 깃털을 휘갈겼다
내달리는 문자는 어지러워서 알아볼 수 없었다
스무 해 동안 사력을 다해 밭을 갈던 황소는
밭고랑에서 쟁기질을 멈추었다
번개가 치던 머릿속에서
번개보다 천배 만배 밝은 빛이 쏟아졌다

밭 가운데 주저앉은 황소는 천천히 말했다
내가 이제까지 쓴 것은
내가 본 것과 비교하면
지푸라기에 지나지 않아
수도사는 구술하는 것도 글을 쓰는 것도 그만두었다
황소가 갈다 만 밭이 잡초에 덮였다

17 _ 무소유

여름 산이 하늘을 치받고 올랐다
남자와 여자가 큰 절 앞에서 암자 가는 길을 물었다
이 길을 따라서 가다보면 왼쪽으로 난 길이 있어요
거기서 반시간쯤 올라가면 암자가 나옵니다
안경 쓴 승려가 손가락질로 길을 안내했다
암자는 푸른 나무들을 근위병처럼 두르고 산허리에 들어앉
았다
마당 가득 햇살이 내렸다
암자의 주인은 속옷 바람으로 쭈그려 앉아 빨래를 했다
마당 앞에 물끄러미 선 남녀를 보고
주인이 손빨래를 멈추지 않고 물었다
거기서 뭐하는 거요
스님 빨래하는 거 보고 있는데요
중이 빨래하는 것이 뭐 볼 것 있다고……
빨래를 끝낸 주인이 마루로 차 주전자를 내왔다
찻잔을 받은 남자에게 주인이 말했다
형식 차릴 것 없이 쭉 마시고 한 잔 더 마셔요

씁쓸한 찻물이 혀를, 목구멍을 적셨다
가톨릭 교구에서 글을 써 달라고 해서 썼는데
돌아가는 길에 좀 부쳐주시오
주인은 차를 비우고 원고 봉투를 내왔다
사람들이 자꾸 찾아와서 더 깊은 데로 가야겠어
남자와 여자는 주인과 함께 돌길을 내려왔다
절에 무슨 일이라도 있나요
아궁이에 물이 차서 불을 땔 수가 없다니까
저녁밥은 큰 절에서 얻어먹을까 하고……
떨어지는 해가 긴 그림자를 만들었다
암자의 주인은 비탈을 내려오며 휘파람을 불었다
숲 저쪽에서 새 우는 소리가 돌아왔다
저건 암놈이 내는 소리요
주인 입술에서 수컷 울음소리가 났다

18_ 토굴에서

학승 혼자 사는 토굴에 제비가 집을 지었다
어미가 잡아다주는 벌레를 먼저 먹겠다고
새끼들이 아우성을 쳤다
꿈틀거리는 애벌레가 노랗게 찢어진 입으로 들어갔다
어미가 날아가면 새끼들은 잠시 조용해졌다
조그만 본존불 앞 마루 위로 제비 똥이 떨어졌다
이걸 어떻게 해야 할까 모르겠어
제비 똥받이를 만들어주면 되겠네요
놀러온 남자가 서까래에 못질을 했다
똥이 잘 받히도록 얇은 판자를 놓았다
그동안 그 생각을 못했다니까
명색이 중인데 제비집을 뜯어버릴 수도 없고
아침저녁으로 똥 닦는 것도 일이고
이렇게 해놓으니까 제비도 살고 부처도 사네
점심 공양을 마친 남자가 물었다
그런데 스님, 무당이 작두날 위에서 맨발로 작두를 타잖아요
그걸 어떻게 보아야 합니까

어떻게 보기는 뭘 어떻게 봐

작두를 타든 작두에 베이든 그게

정토 세상 만드는 일하고 무슨 상관이 있어

학승의 일격에 머릿속에서 작은 호두알 하나가 깨졌다

깨진 호두알 자리에 더 큰 호두알이 자랐다

19 _ 독학자

독학자는 조국을 사랑했으나 조국은 아무것도 주지 않았다
어미는 태아를 자궁 밖으로 밀어내고 숨이 끊어졌다
아비는 칼부림을 하다 호수 너머로 도망갔다
아이는 도시의 밑바닥 구석진 곳에서 빌려온 책을 읽었다
밥 먹으면서 읽고 걸으면서 읽고
일하다 말고 읽고 도망 나와 읽었다
도망 나와 책을 읽다가 날이 어두워졌다
도시의 성문이 닫혀 돌아갈 수 없게 되자
그 길로 고향을 떠나 큰 도시로 갔다
문필의 별들이 펜과 혀로 살롱을 점령한 도시에서
독학자는 불안에 떨며 바지에 오줌을 지렸다
오줌을 지리면서 도시를, 도시의 화려함과 냉담함을 저주했다
지하 감옥에 갇힌 친구를 면회하러 가던 길에
잡지를 읽다가 현상 공모 광고란을 보았다
학문과 예술은 문명의 발전에 도움이 되었는가
그 한 구절이 독학자를 때려 불길 속으로 던져 넣었다
하늘이 빙빙 돌고 다리에 힘이 풀렸다

길가에 선 나무둥치 아래 주저앉았다

밀라노의 수사학 선생이 무화과나무 밑에서 터뜨린 것이

이것이었을까

환희와 회한이 반씩 섞인 격정이

눈물의 홍수가 되어 쏟아져 나왔다

그토록 가까이 가고 싶었던 학문과 예술이

이 세상을 죄로 물들였다는 사실이

저항할 수 없는 힘으로 밀어닥쳤다

독학자는 인류 역사의 시작과 끝을 보았다

문명의 영고성쇠가 마음의 스크린에서

어지럽게, 숨 가쁘게 내달렸다

문자를 터득한 이래 독파한 책의 진리가

하나로 엮이어 알프스의 계곡물처럼 흘렀다

아, 그때 본 것을 절반의 절반만이라도 기억했더라면……

눈물은 반시간 동안이나 멈추지 않았다

윗도리가 범람하는 눈물에 젖었다

독학자는 면회를 마치고 돌아와

분노가 섞인 절규를 종이 위에 쏟아 부었다
자연 속에 있을 때 인간은 행복의 햇볕을 나누어 누렸으나
그중 힘이 센 자가 울타리를 치고 땅을 독차지했다
불평등이라는 독거미가 생겨나 세상을 덮쳤다
독학자는 산에 올라 목이 쉬도록 외쳤다
문명이 사람을 사슬에 묶어 노예로 만들었으니
힘없는 자들의 피를 빨아먹는 불평등의 거미줄을 걷어내고
정의로운 계약을 새판에 새겨야 한단 말이오!
세상의 비위를 거스른 독학자는 아비처럼 도망자가 되었다
도망 다니는 동안 박해망상의 비구름이 몰려왔다
망상의 소나기를 맞은 도망자는
가장 가까운 사람조차 의심의 갈고리로 찍었다
사람들은 도망자의 망상이 찔러대는 창을 견디지 못했다
버려진 도망자는 심판할 것이 자기밖에 없었다
자기가 자기를 저주하고 자기가 자기를 처벌했다
독학자는 자기가 만든 십자가에 못 박혔다
10년 뒤 타르수스에서 온 창백한 남자가

독학자의 서판을 들고 의사당 연단 위로 올라갔다

20 _ 영원회귀

남자는 여자의 버림을 받고 창자가 말라 비틀어졌다
기차를 타고 가장 높고 깊은 골짜기로 들어갔다
인적이 버짐처럼 퍼진 마을의 농가 뒷방에서
남자는 계란으로 아침을 먹었다
생가을 할 때마다 송곳이 머릿속을 찔렀다
해가 넘어갈 때까지 하루 여덟 시간 동안 숲길을 걸었다
머리가 조금 가벼워지면 춤추는 발걸음으로 걷기도 했다
그럴 때면 악몽 같던 기억도 자취를 감췄다
남자는 산에서 내려오는 노인을 보았다
미쳐가는 세상을 쓸어버릴 베수비어스의 용암이 꿈틀거렸다
늑대를 비웃는 양떼, 독수리에게 덤비는 들쥐라니……
산에 둘러싸인 호숫가 뾰쪽하게 솟은 바위에 이르러
남자는 천둥 치는 소리를 들었다
머릿속에서 회오리바람이 일었다
뱅센 가는 길에 잡지를 읽던 수줍음 많은 사내처럼
남자는 바위에 기대앉아 울었다
실바플라나 호수의 물을 다 들이켜 눈으로 뿜어내듯

눈물의 줄기가 5월의 강물이 되어 흘렀다

아, 모든 것은 돌아온다

모든 것이 끝없이, 영원히 되돌아온다

이 호수의 물결도 언젠가는 다시 똑같은 모습으로 일어날 것이고

내가 걷는 이 걸음도, 이 눈물도, 이 깨달음도

다시 똑같은 모습으로 돌아올 것이다

시간이 돌아오고 세상이 돌아오고 우주가 돌아온다

우주의 바다 위를 출렁이는 이 힘들의 파도는

똑같은 모습을 끝없이 영원히 되풀이한다

난데없는 계시에 남자는 몸 둘 바를 몰랐다

모든 것이 돌아온다니

우주의 시계가 쉬지 않고 돌아간다니

자정이 지나면 또다시 자정이 돌아온다니……

깨달음이 일으킨 광희에 남자는 웃다 울었다

열흘이 지나자 이 깨달음이 거짓일지 모른다는 두려움이 밀려들기 시작했다

남자는 신이 된 듯 기뻐하다가 신의 포로가 된 듯 무서워
떨었다

두 힘에 찢겨 남자의 혼은 죽은 나뭇가지처럼 바삭바삭해졌다

이 두려움과 괴로움에서 벗어나려면 광기가 필요하다고
남자는 생각했다

혼을 마비시키는 독 몇 방울이 필요하다고 소리를 질렀다

남자의 심장 저 밑에서 굶주린 들개가 으르렁거렸다

들개가 창살을 찢고 튀어나올 때마다 남자의 눈이 희번덕거
렸다

들개는 뇌수를 뜯어먹고 배가 불러오면 제자리로 돌아갔다

배고픔은 어김없이 되돌아와 들개를 다시 걷어찼다

들개의 허기는 남자의 두개골을 다 파먹을 기세였다

남자의 이빨은 들개를 잡아 피를 마시고

살을 씹어 먹을 만큼 억세지 못했다

들개가 으르렁거릴 때 남자는 초인종 소리를 들었다

우편배달부가 디오니소스의 머리가 든 소포를 내밀었다

소포를 뜯다 말고 밖으로 나간 남자는 말 모가지를 껴안았다

말이 놀라 남자의 배를 걷어찼다
멀리서 소식 듣고 달려온 어미가
사지를 버르적거리는 아들을 안고 울었다

21 _ 별들의 순수이성

마른 괘종시계를 닮은 사내는 당구를 쳤다
기하학자의 눈으로 각도를 재고
물리학자의 정확성으로 막대에 힘을 주었다
사내는 당구대에서 딴 돈으로 밀린 하숙비를 냈다
마흔여섯에 바닷가 도시 오래된 학교의 정직원이 됐다
하숙비 걱정이 사라지자 당구를 그만두었다
돈 많은 부인들의 비위를 맞추던 살롱도 끊었다
지상 최대의 숙제가 사내의 마음을 붙잡았다
사람들을 집으로 불러 점심을 먹는 것이 유일한 낙이 되었다
사내는 밤하늘을 올려다보았다
밤이 깊을수록 별들의 눈이 말똥말똥해졌다
저 총명한 별들은 어디서 왔나
저 별의 눈짓은 얼마나 오래전에 별을 떠났을까
백년일까 천년일까 십만 년일까
신은 별의 공생활과 사생활을 하나도 빠짐없이 알겠지만
우리가 알 수 있는 건 별이 짓는 희미한 웃음
신은 별의 기원, 별의 기원의 기원까지 속속들이 알겠지만

우리가 알 수 있는 건 진실의 너울 한 조각, 저 눈짓
별이 너무 멀어 그런가
별을 보는 사람은 어떤가
사람의 눈짓은 무얼 말하는가
저 상냥한 웃음이 진짜 웃음인지
저 눈물이 진짜 눈물인지 누가 알 수 있는가
웃음의 모양을 들여다보면 마음의 모양을 헤아릴 수 있는가
눈물의 원소를 갈라보면 거기서 마음의 바탕을 볼 수 있는가
내 마음조차 다 알지 못하는데 당신 마음을 어떻게 아는가
신은 우리 마음 저 깊은 곳까지 훤히 알겠지만
우리가 알 수 있는 건 웃음의 채도 그리고 눈물의 염도
그러니 내가 믿을 수 있는 건 내 안에서 꿈틀거리는 내
맑은 의지뿐
별을 보고 기뻐하는 마음, 꽃을 보고 감탄하는 마음
그리고 내가 믿는 것은 하늘을 향해 나를 일으켜 세우는
의지의 힘
혼자 늙은 사내는 산책을 하고 친구들을 모아 점심을 먹고

남은 시간을 바쳐 정신의 대륙을 탐사했다

대륙의 지도를 정교하게 그리고 땅마다 이름을 지어주고

알렉산드로스의 원정대를 선도한 지리학자들처럼

처음 만난 지형과 풍광을 묘사했다

지도 위에서 별들이 빈짝였다

22 _ 정신 현상학

학교 옆 강변 언덕에 나무 한 그루를 심은 날
신학생의 얼굴엔 기쁨과 우울이 겹쳤다
잘난 친구들은 팔을 벌리고 노래를 불렀다
큰 강 저쪽에서 일어난 민란이 낡은 것들을 휩쓸었다
새로운 것들이 들어섰으나 오래 버티지 못하고 금이 갔다
민란의 큰물이 공포를 부르고 공포는 더 큰 공포를 불렀다
무서움이 극한에 이르자 다시 반란의 둑이 터져 공포를
덮쳤다
느린 곰 같은 신학생은 겨울잠 자던 학교를 아쉬운 듯 빠져나
왔다
남쪽 도시의 큰 집에 들어가 가정교사가 되었다
주인집 어린 아들을 가르치는 일은 부업이었다
주인은 가정교사를 하인처럼 부렸다
신학교에서 행성의 궤도를 탐구하고
가시 많은 철학자를 씹어 먹고
헬라스의 지혜를 공부한 남자는
노예가 된 자기 처지에 비애감을 느꼈다

국경 너머에서 젊은 장군이 반란의 들불을 잠재우고

카이사르와 아우구스투스의 역사를 압축해 현실의 무대에
올렸다

남자는 루비콘을 건넌 장군 스타일로 머리 모양을 바꾸었다

낡은 것을 부수는 힘은 날뛰는 야생마 같아서

길들이지 않으면 영원히 불을 뿜는 재난이었다

갑옷을 벗은 전사는 불화살을 피할 수 없었다

먼 곳에서 시를 쓰던 신학교 친구는

사랑의 발톱에 찍혀 피를 흘렸다

시처럼 연약한 정신은 세상이라는 압착기에 짓이겨졌다

펜 끝에 묻힌 잉크로 세상의 어둠을 밝히려던 문학청년은

강가에 나가 오랫동안 강물을 들여다보았다

강물이 속삭이는 소리가 들렸다

아름답기만 한 영혼은 무력한 영혼이었다

곰을 닮은 남자는 몸에 남은 겨울잠의 흔적을 털었다

남자는 일찍 출세한 친구에게 편지를 썼다

고향에서 멀리 떨어진 학교에서 일자리를 얻었다

잘난 벗의 날렵한 활강을 지켜보던 남자는
주인의 눈치를 보며 비애 속에 닦은 기술로
높다란 이야기의 집을 지어 올렸다
오디세우스의 배가 지중해를 떠돌다
달콤한 잠과 무서운 풍랑에서 살아남아 이타카 항구에 이르듯
자궁을 빠져나온 정신은 요람에서 흔들리다가
모르는 세계로 모험을 떠나고 노예가 되어 목숨을 구걸하고
자기 내부에서 찢기고 갈라져 불화의 세월을 보내다
옛집에 돌아와 페넬로페의 손을 잡았다
돌이켜보면 고향 아닌 곳이 없었다
페넬로페의 품은 깊고도 넓어서
생명 없는 것과 생명 있는 것을 기르고 거두었다
남자는 북극성에 올라 코스모스를 보았다
불을 토하며 소용돌이치는 우주는
고요하게 펼쳐진 하나였다
정신이 키운 호두 껍데기 속의 우주는
아주 커서 모든 것을 아울렀다

카이사르가 말을 타고 도시의 공기를 가르며 지나간 뒤
군대가 학교 문에 못을 박았다
갈 곳 잃은 남자는 기상대에 들어가
태풍의 진로를 관측했다

23 _ 마음의 폴리스

잎사귀가 말라붙은 야자나무
코린토스 스타일 열주가 허공을 떠받쳤다
오전의 햇살이 소나기처럼 쏟아져
발목까지 단숨에 적셔 놓았다
들이붓는 햇볕 속을 뛰어
아열대 나무들을 수염처럼 거느린
거대한 짐승의 아가리 속으로 들어가면
숨 가쁘게 숨을 쉬는 짐승
혹등고래가 물을 뿜어내듯
지상의 식목들을 향해 찬바람을 토해냈다

아가리 안쪽을 지나 목젖을 내려갈 때
머리에 꽂힌 햇살이 녹아서 흔적도 없이 사라지고
저 높은 천장에서 떨어지는 물방울들이
목덜미에 얼음 창을 찔러 넣었다
벽을 타고 짐승의 박동소리가 들려왔다
고독한 산이 게워낸 불덩어리가

이 동공을 거침없이 달렸으리라
벽을 깎으며 질주하던 불의 물길은
돌과 바위를 휩쓸어 처박아두고
천천히 밑으로 꺼져 내렸으리라
직진하던 내장이 작아지더니
다시 널찍한 홀로 바뀌었다
차갑고 축축한 이 어두운 세계는
갈빗대 안쪽의 세계를 닮았다

마음이 자치하는 폴리스
조명탄을 쏘아대는 치안은
도시를 휘젓는 폭동을 막지 못했다
바리케이드 너머로 쏟아져 나오는 반란군들
폭우가 할퀴고 간 도시가 침묵 속으로 가라앉았다
다시 어둠이 밀려오고
우울한 달이 작은 북을 울리며 하늘을 가로질렀다

작은 달처럼 매달린 불빛들

짐승의 내장 깊은 곳을 겨우 비춰주었다

이 짐승이 다시 포효하는 날이 오면

벽이 무너지고 바닥이 꺼지고

그 위로 다시 불덩어리가 덮칠 것이다

도시의 폭동보다 더 큰 힘에 내장이 휩쓸릴 것이다

짐승의 창자를 빠져나오니

정오의 하늘이 있는 힘을 다해 빛의 살들을 쏘았다

온몸에 박히는 햇살을 뚫고 지날 때

등 뒤에서 울부짖는 짐승이 따라왔다

24 _ 산탄드레아의 실업자

게으른 농사꾼들이 낮술을 마시다
욕을 퍼붓고 술판을 엎었다
할 일 없는 사내는 싸움판을 구경하며 낄낄거렸다
겨울 해가 꺾이면 사내는 서둘러 집으로 갔다
술기운과 욕지거리를 털어내고 2층으로 올라가
서재의 외로운 책상에 앉았다
책을 펼치면 오래전 사멸한 나라가 나타나고
커다란 잔칫상이 눈앞에 펼쳐졌다
진귀한 앎으로 뱃속을 채운 사람들이
잔칫상에 나란히 앉아 기웃거리는 사내를 불러 앉혔다
갤리선에서 노를 젓던 들창코 논쟁꾼,
피로 물든 복수극을 무대에 올린 늙은 시인,
바빌론의 언덕에서 1만 명을 이끌고 돌아온 모험가,
저마다 겪은 세상일의 비밀을 전해 듣는 동안은
두 팔이 뒤로 꺾인 채 매달려 곤두박질치던 고문도
오래 굶은 쥐가 사타구니를 파고들던 감옥의 날들도
기억의 밑바닥에 잠겨 올라오지 않았다

짓궂은 사내는 잔칫상에서 배운 것들을
자기가 이해한 방식대로 백지에 옮겨 적었다
잔칫상 윗머리에서 우렁차게 울려나오던 일장연설을
반대로 비틀어 물구나무 세웠다
나라를 세우고 지키려면 미덕보다는 악덕이,
진실보다는 거짓이 쓸모 있다고 사내는 썼다
유혹하는 여신은 노인의 머리보다 청년의 가슴을 사랑한다
고 썼다
어떤 경우에도 인자함의 가면을 벗으면 안 된다고,
그러나 가면 속에 진짜로 인자함이 있다면
그 속이 썩어 문드러지리라고 힘주어 썼다
사랑을 얻으려고 아부하지 말고 두려움을 심어주라고 썼다
잔인함이 없는 사랑은 해로운 것이라고 단호하게 썼다
홍해를 건넌 유대 해방자의 길을 뒤따르는 자
늑대의 젖을 먹은 로물루스를 모범으로 삼은 자
아테네를 세운 테세우스의 자리에 오르려는 자
페르시아 대왕이 배운 걸 몸으로 익히려는 자는

심장 속에 피 대신 얼음을 채워야 한다고 썼다
천년 묵은 지혜를 뒤집을 때마다 쾌감이 신경을 타고 번졌다
펜대를 놓은 몽상가는 기분이 좋아져
마을 앞 술집으로 나갔다
땟국이 흐르는 시골 사람들과 장기를 두고
술잔에 술을 부어주며 허튼소리를 들었다
사내의 심장에서 더운 피가 끓었다

25_로베스피에르, 당통

고양이를 닮은 남자는 성량 큰 사람들 뒤에서 침묵을 지켰다

세상이 뒤집히자 정육점 앞치마를 두른 여자들이 감옥으로 몰려갔다

머리통을 잘라내 창에 꽂고 도시 한가운데로 돌아왔다

물정 모르는 폭군이 왕궁 밖으로 도망가다 붙잡혔다

왕궁의 안주인은 버르장머리 없는 말을 했다

꼿꼿이 서 있다 왕을 따라 목이 잘렸다

폭동이 폭동을 몰고 왔다

인플레이션이 먹을 것들을 띄워 올렸다

군중은 손을 뻗쳤으나 하늘로 솟는 빵을 잡지 못했다

굶주림의 시궁쥐가 하수구에서 튀어나와 도시의 골목을 점령했다

나라 밖 군대가 국경을 에워싸고 군가를 불렀다

고양이를 닮은 남자는 가난한 사람들을 찬양했다

도살용 칼을 든 여자들을 덕 있는 사람들이라고 불렀다

옷소매가 닳아 해진 덕들이 모여들어

고양이를 닮은 남자에게 함성을 질렀다

남자는 책상 위에 책 한 권을 놓고 읽었다
하숙집 2층 방 베갯머리에서도 읽고
개를 끌고 산책하다가 벤치에 앉아서도 읽었다
낡은 질서가 무너졌으니 신과 인간 사이에,
인간과 인간 사이에 새로운 계약이 놓여야 한다고
책을 읽은 남자는 엄숙하게 말했다
누런 머리털을 창백한 가발로 가리고서
가난한 사람들 속에서 자라는 덕의 힘을 받들었다
새로 지은 집을 따뜻하게 데우려면
탐욕, 사치, 불의를 쓸어 담아
덕의 아궁이에 처넣어야 한단 말이야
창백한 고양이는 군중이 주는 덕의 기운을 먹고 자랐다
덕의 힘으로 사나워진 고양이는 죄로 물든 짐승들을 심판했다
널따란 책상에 앉아 아궁이로 보낼 배덕자를 찍어냈다
오늘의 적들이 오라를 지고 어제의 친구들이 사슬에 묶였다
멧돼지를 닮은 사내가 사나운 고양이를 닮은 친구에게 말했다
깨끗한 옷을 고집하다 보면 피를 뒤집어쓰게 돼

병균이 한 점도 없는 세상을 만들려다가
세상 자체를 박멸하게 된다니까
그때는 덕이라는 것도 남아나지 않게 되지
넌 순수한 것만 사랑하다가 눈빛이 변했어
폭군 없는 세상을 세우려다가 폭군이 되고 말았어
사나운 고양이를 닮은 남자는 멧돼지를 닮은 친구의 목을
잘랐다
덕을 믿지 않는 놈은 가난한 사람들의 적이야
적을 받아줄 만큼 새 나라는 넉넉하지 않아
허술한 지붕에서 기왓장이 떨어지듯
모가지들이 댕강댕강 잘려 떨어졌다
눈에 핏발이 선 고양이는 배신의 냄새가 나는 짐승들을
닥치는 대로 잡아들여 공포의 제단에 올렸다
배어든 냄새건 묻혀온 냄새건 냄새가 난다는 것이 죄였다
언제 죽을지 모르는 시궁쥐와 들쥐들이 한밤중에 만났다
날이 밝자 들짐승과 날짐승 수백 마리가 고양이를 에워쌌다
발톱을 세운 고양이는 의사당 연단에 올라

발뒤꿈치를 들고 작은 목에 힘을 주었다
시궁쥐와 들쥐가 세상을 다시 하수구로 만들려 한다고 외쳤다
짐승들의 함성이 고양이의 하얗게 질린 목소리를 눌렀다
배고파 지친 군중은 덕의 변호인을 못 본 체했다
늘어진 고양이 목에서 피가 쏟아졌다
들쥐와 시궁쥐들이 피에 주둥이를 박았다

26_ 이오시프 주가시빌리

코걸이 안경을 쓴 키 큰 유대인이
오데사의 실업학교에서 수석 자리를 지키고 있을 때
키 작은 사내는 내해 건너 트빌리시의 신학교에서
시를 쓰다가 산적이 되기를 꿈꾸었다
대륙을 휘감은 반역의 불길이 흑해를 덮쳤다
말 탄 산적이 시대의 뒤편으로 물러나고
일하는 사람들을 지하에서 조직하는 일이
젊은 반역자들의 상상력을 사로잡았다
사내는 조직의 충성스런 일원이 되었다
키 작은 사내의 외투에서는 언제나
가난에 찌든 변방 하층민 냄새가 났다
화가 나면 수령의 부인에게도 욕을 퍼부었다
마차에 깔려 망가진 왼팔이 제대로 자라지 못했다
사내는 오른팔을 외투 단추 사이에 끼고 살았다
안경 낀 유대인이 붉은 깃발을 흔들어 반란군을 제압하고
말의 힘으로 군중의 환호를 불러 모을 때
키 작은 사내는 오소리처럼 서기국 책상에 앉아 조직도를

그랬다

　품위도 언변도 없는 사내는 근면과 끈기로 약점을 감추었다

　안경 낀 유대인이 회의실 의자에 삐딱하게 앉아 프랑스어
소설을 읽을 때

　키 작은 사내는 피렌체의 군주를 밑줄 쳐 읽고

　안경 낀 유대인이 쓴 책을 읽고 또 읽었다

　목적의 나라로 가려면 피를 무서워해서는 안 된다고 책은
말했다

　정적을 잘 알았으므로 선수를 칠 수 있었다

　안경 낀 유대인을 반역자로 몰아 변방에 처박았다

　키 작은 사내는 권력의 꼭대기에 올랐다

　높은 곳에서 내려다보면 번쩍이는 것은 다 칼이거나 총구였다

　키 작은 사내는 보이지 않는 손을 움직여 반란의 기미를
잡아채고

　불온의 기운이 도는 무리를 땅굴에 몰아넣었다

　젊은 날 고난을 함께한 혈육 같은 벗들을 무더기로 죽였다

　친구들은 왜 죽어야 하는지 이유도 알지 못했다

도망간 유대인은 키 작은 사내가 보낸 얼음도끼에 뒷골을
찍혔다
　공포의 눈보라가 나라를 덮었다
　키 작은 사내는 밤늦도록 얼음궁전의 집무실을 떠나지 않았다
　낡은 책상에 앉아 끝없이 밀려드는 서류를 읽었다
　성실한 사내는 외로움이 뼛속까지 스며들면
　어린 날의 고향 친구들을 불러
　술을 마시고 아이들처럼 장난을 쳤다
　뱀 껍질을 벗겨 목에 걸어주었다
　공포의 나라에 아주 가끔씩 웃음소리가 났다
　키 작은 사내는 웃다가 쓰러졌다
　두려움이 범람원을 넘어 번졌다

27 _ 아돌프 지크프리트

인강 기슭에서 자란 아들은 멀리서
어미가 죽어 간다는 전보를 받았다
헐레벌떡 돌아온 아들은 무덤 앞에서 울었다
채찍을 휘두르던 아비는 더 일찍 세상을 떠나고 없었다
화가를 키우는 공방에 들어가려다 두 번이나 쫓겨났다
싸구려 숙소를 떠돌다 징집영장을 피해 이웃나라로 도망갔다
이력 없는 화가는 말이 없었고 친구가 없었다
이름 없는 길바닥 예술가 시절 내내
일감 없는 날이면 찻집 구석에 앉아
목소리 요란한 잡지를 말없이 읽었다
말이 없었으므로 아무도 알아보지 못했다
포성과 화약 연기가 무더운 여름 하늘을 덮었다
도시의 풍경 그리기가 지겨워진 화가는
자기가 모국이라고 생각한 나라의 군대에 자원하여 들어갔다
서부전선 포탄 구덩이 사이를 연락병으로 뛰어다녔다
총탄이 스쳐 지나는 곳에서 상등병은
불안과 꿈으로 들끓던 마음을 가라앉혔다

전우의 주검이 썩어가는 곳이 집이었다

소대가 야전숙소에 둘러앉아 짬밥을 먹을 때
말없는 연락병의 귀에 자리를 뜨라는 말이 들려왔다
연락병은 식판을 들고 자리를 옮겨 앉았다
방금 앉았던 자리에 포탄이 떨어져 소대원 여럿이 죽었다
철모를 쓴 상등병의 몸속에서 뭔지 모를 것이 꿈틀거렸다
전쟁의 패색이 짙어질 때 연락병은 독가스에 쐬어 눈이
상했다
두 눈에 붕대를 감은 채 야전병원 침상에서
전쟁이 끝나고 조국이 망했다는 소식을 들었다
고향을 잃은 연락병은 병원 침상에 얼굴을 파묻었다

일 없는 병사는 패잔군에 섞여 남쪽 도시로 돌아왔다
맥주홀에서 이야기를 듣다가 말문이 트였다
총성이 주는 안도감, 포연이 뿜어내는 온기를 잃어버리고
다시 시궁창 같은 삶으로 내동댕이쳐지자

낙오자의 가슴에서 잠자던 선동가가 눈을 떴다

오래 닫혔던 입에서 말의 탄피가 쉴 새 없이 떨어졌다

낙오자는 굴욕과 비참의 원인을 내부의 적에게서 찾아냈다

이, 벼룩, 결핵균, 악성종양이 몸을 갉아먹고 있었다

선동가의 머릿속에서 위생학적 상상력이 터질듯 부풀어

올랐다

피고름을 짜내고 썩은 살덩이를 잘라내지 않으면

육신이 재생의 기회를 영영 잃어버릴 거라고 부르짖었다

한번 불붙은 말은 그치지 않고 분노와 희열이 배합된 벌컨포

를 쏘았다

말은 불안에 지친 사람들을 일으켜 세우는 활력제가 되었고

시들어빠진 인생에 기운을 주는 최음제가 되었다

흥분한 술꾼들이 손에 든 맥주잔을 앞으로 뻗었다

불붙은 말은 바람을 타고 멀리 날아갔다

마른풀을 태우고 나무를 태우고 숲과 들과 도시를 태웠다

다시 일어난 전쟁의 불길이 도시와 도시로, 나라와 나라로

번졌다

　불타는 도시의 지하 벙커에서 상등병은 빨리 늙어 어깨가
굽었다

　바닥없는 허무의 구덩이가 눈앞에 어른거렸다

　늙은 상등병에게 삶은 죽은 지 오래였다

　전선을 달리고 군중을 향해 포효하고 군대를 몰아댄 것은

　허공을 노려보며 손가락을 휘젓는 시체였다

　사랑할 것이 없었으므로 소중한 것도 없었다

　갱생도 영광도 끌어다 쓴 허울에 지나지 않았다

　텅 빈 것이 마음을 흔들고 마음을 몰아쳤다

　늙은 상등병은 두 번째 죽음을 향해 내달렸다

　지하 방공호에서 제 머리에 총알을 박았다

　지크프리트의 살점이 불길에 타들어갔다

　잿더미가 두개골 속으로 쏟아졌다

28 _ 갈대꽃 머리

한번 들어온 병마는 나가지 않았다
진주한 군대는 마지막 땅까지 점령하고 혼을 약탈했다
늙은 어미는 신발을 가지런히 모아 올려놓고
10년 동안 마루 위를 하염없이 돌았다
10년이면 텔레마코스의 아비도 표류를 끝낼 세월이었다
어미는 늦은 밤에 일어나 보이지 않는 원수를 향해
오래 묵혀놓은 욕을 퍼부었다
도처에 원한이, 생을 망쳐놓은 재앙이 있었다
어미는 기력이 다해 주저앉았다
밥을 떠 넣어주면 말없이 삼켰다
저녁밥을 넘기다가 밥알이 기도를 막았다
앰뷸런스가 악을 쓰며 좁은 골목을 뚫고 왔다
어미의 몸은 밥알을 머금은 채 영안실로 들어갔다
냉기가 뺨과 이마와 광대뼈를 차갑게 식혔다
죽음은 삶보다 큰 고통을 거두어갔다
깊이 잠든 얼굴은 평화로웠다
견딜 수 없는 고통 다음의 견딜 수 없는 평화

모든 것을 아주 잃어버리기 전에 한 움큼의 기억을 붙잡듯
아들은 어미의 머리카락을 잘랐다
하얗게 센 갈대꽃 같은 머리카락은
난파선에서 떨어져 나온 널조각처럼 둥둥 떴다
아들은 널조각에 몸을 얹혀 보았다

29 _ 숲의 사제

예수회 신부가 되려던 꿈을 부실한 심장이 가로막았다
스물두 살 청년은 고향으로 돌아와 보리수나무 아래서
아버지가 종을 치던 성당의 종탑을 바라보았다
배고픈 해가 들판 너머로 저물면
농부들이 흙 묻은 장화를 끌고 집으로 향했다
저녁 식탁이 허기진 식구를 불러 모았다
고향은 익은 감자에서 피어오르는 김처럼 따뜻했지만
어미의 자궁은 낡아 오래 머물 수 없었다
호기심이 이리저리 눈알을 굴리고
잡담이 아침 새처럼 지저귀는 도시로
청년은 돌아왔다
르상티망의 쓴물이 넘어왔다
신의 세계를 문 앞에 두고 돌아선 청년은
사람의 지혜로 그 문을 열어보리라 결심했다

청년은 자기 안으로 들어가
자기 안에서 벌어지는 일들을 보았다

사람이 무엇이기에 이토록 사랑하는지
사람이 무엇이기에 이토록 미워하는지
사람이라고 하는 것이 도대체 무엇이기에
이토록 커다란 의문에 싸여 있는지
청년의 마음 안쪽에서 뿌리 깊은 물음이 솟아올랐다
사람보다 더 가까이 있는 것도 없었고
사람보다 더 멀리 있는 것도 없었다
세상에서 가장 큰 수수께끼가 사람이었다
청년은 자기 내부를 들여다보고 다시 사람 속을 들여다보았다
아주 오랫동안 찬찬히, 숨을 죽이고 들여다보았다
마음의 내장을 들어내 잘게 써는 부검의가 된 것 같았다
사람에게 둘러싸여 사람이 뱉어낸 숨을 마시고
사람끼리 주고받는 신호를 배워 익히고
사람이 지어낸 꿈을 받아먹고 자라는 것
그래, 그것이 사람이었다
자기를 초월해 자기가 되려고 분투하는 것
그것이 사람이었다

청년은 삶의 끝, 죽음을 향해 미친 듯이 달려가 보았다
죽음의 자리에서 돌이켜보면 어느 순간 삶이 훤히 보였다
죽음이 피할 수 없는 것이라면
그 존재하지 않는 것의 존재에 맞서
완전히 새롭고 충실한 삶을 살겠다는 결단이,
자기 밖으로 멀리, 저 멀리 올라가
자기다운 자기가 되겠다는 결단이 필요했다
죽음에 이를 때까지 그냥 사는 삶은 삶이 아니었다

청년은 산기슭에 통나무집 한 채를 지었다
통나무집에 들어앉아 가만히 귀를 기울이면
세상 모든 것들의 속삭임이 들려왔다
속삭임은 속삭임을 불러 모아 숲을 이루었고
숲은 숲속으로 난 길을 지키는 파수꾼을 찾았다
청년은 숲의 부름을 받아 숲의 숨결 가운데 머물렀다
젊은 날 신의 나라를 찾던 청년은
나이 들어 숲의 목소리를 듣는 숲의 사제가 되었다

숲의 사제는 숲이 들려주는 노래를 불렀다
노랫소리는 높이 솟아 멀리 퍼졌다
너무 높아 안테나에 걸려들지 않는 노래도 있었다
숲의 노래에 홀린 사람들이
검은 숲 너머 산기슭으로 줄 지어 올라갔다

30_ 헛간의 비트겐슈타인

높은 산에 올라가려면
쓸모없는 등짐을 내려놓아야 한다고
머리를 짧게 깎은 남자는 운동화 끈을 조이면서 말했다
죽은 아비에게서 물려받은 재산이 너무 무거워
그걸 지고는 산에 오를 수가 없었다
남자는 짐을 풀어 사람들에게 나누어주었다
등이 가벼워지자 마음을 조인 버클이 조금 풀렸다
남자는 아침마다 얼굴에 난 터럭을 밀었다

가장 소중한 것은 말로 표현할 수 없다고
생각 많은 남자는 수첩에 썼다
표현할 수 없는 것 앞에서는 침묵해야 한다고,
우리가 말로 표현할 수 있는 것은
눈에 보이는 세계뿐이라고 남자는 썼다
말의 퍼즐을 정확히 짜 맞춰 그려낸 세계 뒤편에
말로 표현할 수 없는 것, 그러므로
진실로 가치 있는 것이 있었다

음표는 소리의 높이와 길이를 표시하지만
음표의 지시를 받은 연주가 일으키는 감동은
음표로는 그려낼 수 없었다

서부전선에서 말없는 연락병이 구덩이 사이를 내달릴 때
생각 많은 남자는 동부전선 저편에서 날아오는 총알을 피해
가며
수첩에 번호를 매겨 떠오르는 생각을 기록했다
말의 질서를 탐구하는 일은 세계의 표면을
오차 없이 그려내는 일과 다르지 않았다
전두엽을 파고드는 스모그를 걷어내느라
남자의 귀는 때때로 총소리를 듣지도 못했다
말의 지도를 다 그리자 마음이 헐거워졌다

남자는 숙제를 마치고 집에 돌아와
말로 표현할 수 없는 것을 돌보는 일로 눈을 돌렸다
도시에서 멀리 떨어진 곳으로 들어가

초등학교 아이들을 가르치는 교사가 되었다
수학의 아름다움을 알게 해주려고 노력했지만
시골 학교 아이들에게 수학의 여신은 너무 높고 차가웠다
완고하게 헌신적인 선생은 경기 들린 아이들에게
소리를 지르고 손찌검을 했다
빰을 맞은 아이가 쓰러져 눈알을 뒤집었다
벌레 한 마리도 죽이지 못하는 선생은
제가 한 짓에 놀라 그날로 학교를 그만두었다
수도원에 들어가 수도사가 되려 했지만
원한다고 다 수도사가 될 수 있는 건 아니었다
손버릇 나쁜 남자는 수도원 마당을 쓸며 헛간에서 잤다
바다 건너 대학에서 사람들이 찾아와 남자를 데려갔다

죄책감에 눌린 남자는 글을 쓸 수가 없었다
자기가 잘못한 사람들에게 찾아가
용서해줄 때까지 큰 소리로 죄를 고백했다
치부를 낱낱이 털어놓는 기괴한 사죄 방식에

듣는 사람들이 창피스러워 얼굴을 가렸다

도대체 왜 이러는 거예요, 그만

남자는 자기 몸이 더럽다는 망상에 시달렸다

머리를 짧게 깎고 날마다 수염을 밀어도 망상은 사라지지
않았다

남자를 사랑한다는 것은 밝힐 수 없는 범죄였다

제 몸 구석구석이 우범지대였다

남자는 더러운 세상을 피해 바닷가 오두막으로 들어갔다

세상이 투명해지려면 말이 투명해져야 하므로

말의 시궁창에서 오류와 오물을 걸러내느라

남자는 작업복을 벗을 새가 없었다

암세포가 장기를 파먹고 전진했다

그러는 동안에도 머릿속에선 생각의 기계가 쉬지 않고 돌아
갔다

병든 남자는 항암치료를 거부했다

몸이 아픈 것보다 생각이 끊기는 것이 더 두려웠다

31 _ 호텔 노마드

볼품없는 유복자는 생제르맹데프레의 카페에 앉아 글을
썼다
두꺼운 안경이 엇갈리는 시선에 그늘을 만들어주었다
아비 없는 남자가 믿은 건
백과사전을 먹어치우는 소화력이었다
동거인을 옆에 끼고 유복자는 길고양이처럼 살았다
박식과 달필과 뻔뻔함으로 여자들의 마음을 후렸다
젊은 여자, 나이 든 여자,
꼬챙이 같은 여자, 퍼진 여자,
키 큰 여자, 키 작은 여자를 가리지 않았다
노아의 방주 같은 호텔에서 유복자는 일생을 살았다
정주지를 모르는 노마드의 삶은
아파트에서 몸을 던진 남자의 것이 아니었다
유복자는 존재와 무 사이에서 떠돌았다
존재는 무로 끝날 수밖에 없으므로 존재하는 동안
존재에 의미를 새겨 넣겠다고 이를 물었다
총 맞은 시체가 구더기를 키우는 하늘 아래서

유복자는 실존은 본질에 앞선다고 말했다
우리는 신의 부름을 받고 이 땅에 오는 것이 아니라
그저 우연의 장난 속에 발가벗은 채로 던져지는 것이니
아무런 의미의 껍질도 쓰지 않고
손바닥만 한 허파를 헐떡이며 태어난 인간은
어미의 젖을 빨고 사물을 보고 만지고
어쩌다 사람의 말을 배우고 밥상 위의 먹을 것을 찾아 일어나
걷고
사람들 사이를 뛰어다니다가 눈을 들어 세상을 본다
의미 없는 빈 가슴에서 자아가 생겨나 혹처럼 부풀어 오르고
자기를 스스로 규정하는 말들을 새겨 넣으면서
자아의 풍선이 팽팽해진다
우리는 세상에 느닷없이 내던져진 뒤에야
존재의 의미를 찾아 자기 밖으로 나간다
본질 없이 태어났으므로 인간은 자유라고,
우리는 자유롭게 우리 자신을 만들 수 있다고
아비 없이 태어난 남자는 의기양양하게 말했다

아비 없이 태어나 자유로운 남자는 몸부림쳤다
추문 같은 코아비타시옹이 몸부림이었고
키 큰 전쟁영웅과 벌인 일생일대의 싸움이 몸부림이었다
사내의 몸부림은 격렬하고 영웅적이었으므로
본질 없이 태어나 폐허를 뒹구는 사생아들을,
실존의 빈 주머니를 채우려는 열에 들뜬 모험가들을 불렀다
머리 안쪽에 난 생채기가 욱신거릴 때마다
골병 든 충동이 누 떼를 덮쳐 물가로 몰아갔다

32_ 몰래 쓴 편지

도시는 구겨져 처박힌 낡은 종이 같았다
도시의 배를 가르며 먼지 낀 강이 흘렀다
겨울이면 다리 아래 강물이 얼어붙었다
짐을 내려놓은 배들이 정박지에서 긴 잠을 잤다
뱃사람들이 도끼를 내리쳐 얼음판을 깨뜨렸다
유리잔 같은 아들은 책을 쌓아올려 아비의 목소리를 막았다
저녁마다 문학의 신전에 들어가 기도를 드렸다
밤의 긴 시간과 체력을 제물로 바쳤다
대학생이 된 아들은 친구에게 편지를 보냈다
너와 나는 무슨 책을 읽어야 할까
도끼 같은 책을 읽어야 한다고 대학생은 썼다
우리 정신의 얼음판을 깨 뱃길을 내지 않는다면
책이란 게 무슨 소용이 있겠는가
책은 정신의 얼음판을 깨뜨렸지만
생활의 얼음판은 깨뜨리지 못했다
유물 같은 도시는 독수리의 발톱으로
비쩍 마른 아들의 어깨를 찍어 눌렀다

아들은 밤이 되면 환상의 세계로 램프를 들고 들어갔다
게으른 살덩이가 굼벵이가 되어 침대에서 뒹굴었다
눈앞에 성을 둔 채 들어가는 길을 찾지 못하고
침묵하는 법 앞에서 서성거리다 벌을 받았다
법은 법의 모습을 한 아비의 얼굴이었다
아비는 약골로 살면 벼룩의 밥이 된다고 다그쳤다
말의 정을 머리통에 대고 박았다
아들의 정수리는 빠개져 골수가 흘렀다
다 큰 놈이 여자를 모른다고 뒷골목으로 끌고 갔다
문학 같은 것은 계집애나 하는 것이라고 비웃었다
아들은 아비 몰래 문을 잠그고 글을 썼다
글은 아비의 법에 짓눌린 아들의 신음소리였다
아들은 머릿속에 지어낸 집에 들어앉아
여자를, 여자의 모든 것을 사랑했다
단 한 번 만난 여자에게 쉴 틈 없이 편지를 써 보냈다
편지를 보내고 아비에게 들킬까봐 두려워 떨었다
상상 속의 두 팔로 여자를 안았다는 것이 죄가 되었다

아들은 물에 빠져 죽으라는 명령을 들었다
환청 속에서 아들은 아비에게 보내는 편지를 썼다
반듯하게 깎은 가시 같은 말이 아비를 탄핵했다
편지를 서랍 속에 넣어 잠그고 아들은 폐병을 앓았다
독수리의 발톱이 핏기 잃은 병자를 풀어주었다
시든 아들은 아비에게서 벗어났다
썩은 폐가 아들을 구하고 구출비로 숨을 걷어갔다

33 _ 압생트

목이 긴 남자가 죽자
배부른 여자는 5층에서 뛰어내렸다
터진 배에서 죽은 태아가 나왔다
탯줄은 도시의 하수도를 따라 떠내려갔다
불구의 화가가 드나들던 골목으로
바다 건너온 젊은이들이 모여들었다
남자와 여자는 압생트에 취해 네온 사이로 들어갔다
벌거벗은 남녀들이 빙 둘러 춤을 추고
카펫이 깔린 바닥을 기어 다니다
뒤엉켜 성기숭배의식을 치렀다
모피코트를 입은 여자가 말채찍을 내리쳤다
엉덩이에 벌겋게 피가 맺혔다
기숙사에서 제 가슴을 면도날로 그은 대학생은
남창을 만나고 새벽에 창문을 넘어 돌아와
이불 속에 사지를 구겨 넣었다
불량한 시인은 눈알을 뽑아 자궁에 밀어 넣고
어서 부화하라고 등짝을 쳤다

살과 뼈, 쾌감과 고통을 전달하는 신경 말고
더 필요한 것이 없는 만월의 밤
육체는 육체를 닮은 깊고 깊은 구멍이었다
제 살을 저며 마련한 사치스러운 식탁에서
남자와 여자는 서로의 입에 한 주먹씩 살덩이를 넣어주었다
아름다운 밤의 회전목마는 빨리 돌았다
혼 없는 몸뚱이들이 헛구역질을 했다
옆방에서 돈 없는 환쟁이가 굶어죽었다
보름달이 뜨고 타란툴라가 기어 나오고
사마귀가 사마귀를 잡아먹었다
목을 감아 조인 밧줄은 사타구니를 지나
발목을 단단히 묶었다
화주에 불이 붙었다
살아 있는 것들이 죽은 것들을 붙들고 뒹굴었다

34_ 런던의 원숭이

늙은 아비어미에게 버림받은 젖먹이는
돌멩이처럼 구르다 집으로 돌아왔다
천연두가 할퀴고 간 얼굴에 곰보자국이 남았다
배울 만큼 배웠으나 제 성질을 이기지 못했다
신경이 난동을 부리면 어린 아내를 두들겨 팼다
임신한 아내는 새벽 강물에 몸을 던졌다
마을 사람이 부대자루 같은 여자를 건져 올렸다
지겨운 집구석을 두고 부러운 나라로 유학을 갔다
머리가 노랗고 코가 큰 사람들 앞에서 주눅이 들었다
길을 걷다가 키 작은 원숭이 몰골을 보고 기분이 상했다
가까이 가서 보니 거울에 비친 제 모습이었다
움직이는 버넘 숲을 폼 나게 읽고 병든 장미를 암송해 봐도
혀에 남는 이질감은 뱉어낼 수 없었다
우울증이 등뼈를 타고 골수에 뻗쳤다
광기와 착란이 방을 난장판으로 만들었다
하숙집 주인 여자가 문구멍으로 방안을 들여다보았다
사람이 되려고 발버둥 치던 원숭이는

광란 중에 원숭이로 살자고 결심했다

2년 만에 집구석으로 돌아왔으나

불만이 떠나지 않았다

유학 시절 배운 화법으로 이야기를 쓰기 시작했다

이야기가 불만 낀 어두운 방에 창문 하나를 열어주었다

이야기로 보호막을 치고

땅을 파듯 자기를 파냈다

두엄더미 같은 흙덩이가 올라왔다

제 속을 까뒤집고 속옷에 낀 땟자국을 보여주면

마음의 밀실에 바람이 들었다

밀실에 든 바람도 잠깐이었다

닳아빠진 신경이 틈만 나면 자지러졌고

궤양이 도져 피가 식도를 타고 넘쳤다

이야기의 밭에서 쟁기를 끌던 소는

가시덤불 앞에서 무릎을 꿇었다

열등감이 밀고 온 쟁기의 자국이 길었다

35_게걸스러운 펜

도시에서 가장 높은 언덕에 올라
살집 좋은 사내는 개천 같은 강을 내려다보았다
황제가 칼로 이룬 것을 펜으로 이룰 거라고 소리쳐 보았다
빈 손바닥에 단단한 것이 잡혔다
사내의 심장은 석탄을 재어 넣은 기관차처럼 튼튼했다
기관차 뒤로 객차가 줄을 이었다
영감, 낙오자, 야심가와 조연들을 싣고
객차는 지치지도 않고 달렸다
힘 좋은 일꾼은 밤 새워 이야기를 휘갈겼다
피로가 어깨 위에 내릴 때마다
시커먼 진액이 떨어지는 커피 잔을 들이켰다
넓은 교정지 여백이 까매질 때까지 글을 고쳤다
앞에 쓴 문장을 지우고 새 문장을 집어넣고
말들의 위치를 바꾸고 단어를 끼워넣고
낡아서 힘을 잃은 표현들을 잘라냈다
말이 말을 부르고 생각이 생각을 낚아 올렸다
교정지가 새로 나올 때마다

여백은 바뀌 쓴 문장과 새로 쓴 문장
그 위에 덧붙인 문장들로 덤불숲이 되었다
교정지는 열다섯 벌까지 새로 뽑혀 나왔다
교정지가 바뀔 때마다
이야기 속 인물들의 표정이 풍부해졌다
이야기의 가슴에서 생동감의 젖이 흘렀다
사내는 소설공장을 차린 지 10년 만에
베르테르를 조각한 시인의 인정을 받았다
이야기는 여러 나라 말로 된 날개를 달고
라인강 저 너머의 황야에 닿았다
백작의 아내가 작가에게 편지를 보냈다
허영심 많은 일꾼은 백작부인을 아내로 맞는 꿈을 꾸었다
스스로 작위를 주고 자기 이름 사이에 귀족의 표지를 달았다
밀어를 담은 편지들이 숨 돌릴 틈도 없이 황야로 향했다
골골거리는 남편이 세상을 뜨면……
백작의 아내는 빈말 같은 약속을 했다
골골거리던 백작이 죽자 들뜬 마차가 황야를 달렸다

바람난 레이스를 붙잡은 기쁨도 잠시
원고지의 일꾼은 30년 동안 쉬지 않던 기관차를 잃었다
강철로 된 심장이 그을음을 토해내다 멈추었다
커피도 허영심도 심장을 다시 뛰게 하지 못했다
기관차를 잃은 객차는 철로를 타고 제힘으로 달렸다
객차에 빼곡히 실린 유령들이
창문 밖 낯선 풍경 속으로 들어갔다

36 _ 의지와 몽상의 오선지

사생아의 마음 한쪽에서 노래가 타오르고
다른 한쪽에서 증오가 타올랐다
사생아는 자기를 억압하는 모든 것을 미워했다
러시아에서 온 산적이 마음의 불길에 풀무질을 했다
산적을 따라 산적이 된 사생아는 역겨운 도시에 불을 지르고
소돔과 고모라를 잿더미에 파묻으라고 소리를 질렀다
그 자신의 내부가 소돔이고 고모라였다
문명이 이룬 것을 다 없애버리고 싶다는 소망과
잿더미를 치우고 새로운 세계를 세우고 싶다는 소망이
사생아의 환상 속에서 부싯돌같이 부딪쳤다
욕망의 뿔에 받혀 사생아는 하루도 편할 날이 없었다
망상의 바다 위로 꿈이 날개를 펼 때면
하오의 그늘에도 수선화가 피었다

자기가 살던 도시에서 폭동이 일어나자
사생아는 맨 앞에서 날뛰다가 국경 너머로 도망갔다
뜻대로 되는 것이 없었다

하루에도 몇 번씩 자살을 생각했다
권태에 짓눌린 사생아의 손에 이상한 책 한 권이 잡혔다
의지와 몽상으로 이루어진 세계라니
뭐 이런 책이 다 있나
사생아는 눈을 멀리 두고 천천히 읽다가
자세를 고쳐 잡고 읽었다
나중에는 온 신경을 하나로 모아 읽었다
벗이 찾아오면 지칠 때까지 읽어주고
감동을 적어 먼 데 있는 친구들에게 보냈다
아프면 약 대신 책을 펼쳐들고 글자들을 삼켰다
밥 먹기 전에 읽고 잠들기 전에 몇 구절을 더 읽고
마지막에 두 손 잡고 감사기도를 올렸다
쇼펜하우어여, 오늘도 일용할 양식을 주시고……

사생아는 의지와 몽상의 세계 안쪽에서
숨 돌릴 새 없이 끓어오르는 내핵을 보았다
황금을 끌어안은 용이 멜로디의 불덩이를 뿜어냈다

불기둥이 하도 뜨거워 러시아 산적의 분노가 시시해 보였다
세상에 의지 아닌 것이 없었다
나무가 의지로 자라고 새가 의지로 노래했다
돌이 의지로 뭉치고 별들이 의지로 빛나고
사람 안에 의지가 똬리를 틀고 사랑과 미움을 빚었다
삶은 의지의 물결 위에서 나뭇잎처럼 흔들렸다
사생아는 끝없는 물결의 마루와 골을 오선지에 옮겼다
무한선율이 음표를 타고 소실점 너머로 사라졌다
신들의 나라에 전쟁이 나고
보탄의 돌기둥이 무너져 가루가 되고
죽은 신들이 노래의 바다에 잠겼다
음표의 권력의지가 무대를 세웠다 부수고
오케스트라가 주먹을 내밀어 머리를 치면
소리에 익사당하는 기쁨에 겨워
객석의 난쟁이들이 비명을 질렀다

37 _ 풍경

손아귀가 퍼덕이던 날갯죽지를 잡아 눌렀다
튀어나온 주둥이가 쉰 소리로 죽여 달라고 울부짖었다
볏짚을 썰듯 작두날이 가는 목을 잘랐다
눈알을 부릅뜬 대가리가 개구리처럼
펄쩍펄쩍 뛰어 저만치 달아났다
주인을 잃은 몸통이 저 혼자 오래 버둥거렸다
날갯죽지가 퍼덕일 때마다
염통을 돌아 나온 피가 경동맥을 타고 넘었다
몸뚱이가 없으니 두려울 것이 없다는 눈빛으로
달아난 눈은 아직 꿈틀거리는 몸뚱이를 보았다
저 고깃덩어리는 어디에 붙어 있던 걸까

둔탁한 것이 재빠르게 모서리를 쳤다
바닥이 깨져 날아가고 얼음산이 솟아올랐다
면도날 하나가 살덩이를 훑고 지나가자
몸뚱이를 감고 있던 밧줄이 툭툭 끊겼다
잔뜩 충전된 전기가 일시에 풀려나갔다

속이 확 벌어진 육질에서 붉은 즙이 쏟아지고
설경을 가로지르는 물줄기가 낭떠러지에서 직하했다
떨어지는 물줄기는 입을 벌리고 감탄을 흘렸다
멀리서 탁자가 넘어지고 총소리가 났다
손바닥에 구멍이 난 사내가 귀를 감싸고 뛰었다
내 몸이 지겨워 죽을 것 같다고
묵은 바람이 구멍 속에서 쇳소리를 냈다

38 _ 표도르 미하일로비치 피티아

병자는 델포이의 무녀처럼 쓰러져 버르적거렸다
들리지 않는 것이 들리고
보이지 않는 것이 보였다
병자의 혼은 높이 뜬 별을 향했으나
비루먹은 몸은 땅을 떠나지 않았다
죽은 쥐가 이빨을 드러낸 지하실이 거처였다
불온한 공기에 싸인 비밀 모임에 들락거리다가 붙잡혔다
죽음이 달려드는 순간 처형대가 무너져 살아났다
바로 그때 머릿속이 뒤집혔다
완고한 정통주의자가 됐으나
병자의 눈은 무뎌지지 않았다
마음의 저 깊은 곳으로 들어가 바닥을 들여다보았다
어린 여자의 육체를 강탈하고
절망한 여자가 어둠 속에서
목에 밧줄을 거는 것을 지켜보았다
신이 없는 세계에서는 악마가 신 노릇을 했다
신이 없으므로 모든 것이 사람 마음대로였다

권총으로 제 머리통을 날릴 자유도 있고

동지의 물컹한 대갈통을 깨부수어

물에 처박을 자유도 있었다

차가운 계산으로 왜 세상이 망해야 하는지 증명할 수도

있었다

병자는 신의 딸처럼 거품을 흘리며

가스가 차오르는 석회석 바닥을 뒹굴었다

마음의 저층에서 두려운 것이 아우성쳤다

병자는 자기 안에서 힘을 쓰는 나쁜 힘을 보았다

제어할 수 없는 낯익은 힘이

부들부들 떨면서 젖통을 잡아 뜯었다

손바닥만 한 지하실 창문에

잿가루 같은 눈보라가 쳤다

빛이 구름 사이로 잠깐 비쳤다

병자는 빛을 향해 몸을 내밀었다

찌그러진 눈알이 번득이다가

슬픈 표정을 지었다

39_ 요나 도서관

창 넓은 도서관 열람실
책상에 머리를 처박은 사람들 사이를 지나면
낡은 책들이 층층이 도열한 서가
귀퉁이가 찢어진 책 한 권이 등짝을 내밀었다
보드라운 시인의 이름이 박힌 책
쏘아보는 눈이 양피지 타는 냄새를 풍겼다
뒷발 사이 검은 자궁에서 꽃이 피었다
불결한 꽃의 향기가 책 먼지를 뚫고 출렁였다
활판의 불편한 자리를 기억하는 글자들이 일어나 춤을 추었다
책갈피에서 바닷바람이 불고
먼 하늘에서 구름이 몰려왔다
꽃의 비린내는 풍차를 지나 하수구에 이르렀다
분 바른 여자들이 방정맞게 부채질을 했다
꽃은 질척거리는 자궁 속에 뿌리를 내렸다
길고 딱딱한 담배가 방 안 가득 열대의 기억을 뿜어냈다
냄새 없는 술이 식도를 따라 불의 길을 냈다
불은 책갈피를 타고 번져 글자를 태웠다

머리카락이 타고 살가죽이 타고 등뼈가 타고
손가락에서 불꽃이 일었다
글자들이 징그럽게 이글거리는 책을 책꽂이에 구겨 넣고
불붙은 손가락들이 열람실을 뛰쳐나갔다
플라타너스 나무 위로 솟은
구름 내려앉은 돌산
욱신거리는 손가락들이 산등성이를 기어올랐다
요나는 고래 뱃속을 탈출하기 전에
고래의 내장이 지르는 소리를 들었을까
도서관이 불타고 검은 연기 속에서 책들이 악을 썼다

40_ 모가지

비소를 먹은 여자는 밤새 벽지를 쥐어뜯었다
골다공증을 앓는 침대가 힘겨운 비명을 질렀다
비명은 너무 작아 비탄 같았다
흐느끼는 소리는 벽 안에서 맴을 돌았다
이층 사람은 발뒤꿈치로 바닥을 굴렀다
바람이 지나가고
창문이 덜커덩거렸다
안으로 잠긴 문은 열리지 않았다
창밖에 산발한 나무가 홰를 치며 아침까지 울었다

빨래비누를 칠하다 말고 어미가 말했다
돈 벌기 싫으면 나가 죽어라, 이년아
파랗게 핏대 오른 모가지가
죽으라면 내가 못 죽을 줄 알고
소리를 질렀다
저년 말하는 것 좀 봐라
어미는 빨래방망이를 쳐대며 욕을 했다

모가지는 살충제가 든 병을 어미 앞에 들이밀었다

나 진짜로 죽어버린다고

어미는 대꾸도 하지 않고 빨래를 했다

살충제가 모가지를 삼켰다

희멀건 모가지는 방바닥을 뒹굴다 새벽에 숨이 끊어졌다

마른 바람이 빨래를 스칠 때 어미는 울부짖었다

가발공장은 아무 일 없다는 듯 돌아갔다

공장 옆 학교를 졸업한 아이들이

나란히 앉아 머리카락을 심었다

41 _ 나쁜 피

안주인은 긴 대나무 곰방대를 물고 꾸벅꾸벅 졸았다
벌어진 입술 사이로 흘러내린 침을 손등으로 닦았다
곰방대가 파르르 떨다가 놋쇠 재떨이를 때렸다
부엌과 대청의 여자들은 간이 오그라들었다
안주인은 낡은 집을 헐어버리고 새 집을 지었다
마을에서 하룻길이나 떨어진 곳에서 소나무를 베어왔다
아름다운 적송 군락지에서 산주인과 흥정을 했다
그 값에는 못 판다고 손사래를 치자 안주인은 일꾼들을
불렀다
날카로운 낫이 적송의 붉은 겉옷을 찢었다
산주인은 소나무를 헐값에 넘겼다
새로 지은 집은 토방이 높아 더 우람했다
안주인은 안채 앞에 사랑채를 들였다
조용한 서생의 글 읽은 소리가 창호지를 뚫고 나왔다
넓은 마당에서 사람들은 콩 타작을 했다
집 앞 들판에서 벼가 일제히 고개를 숙었다
안주인은 일하러 오지 않은 사람들을 불러들여

아침 내내 마당에서 매타작을 했다

살갗이 벗겨진 남자들이 고개 숙인 벼 발목을 끊어냈다

아들의 여자는 안주인이 무서워 멀리 도망갔다

안주인은 3년 만에 돌아온 아들의 여자를 곰방대로 때렸다

머리를 감싼 손가락을 놋쇠 주둥이가 후려쳤다

아들의 여자는 비명을 질렀다

이년이 울기는 어디서 울어

안주인은 오른손 검지를 잡아 꺾었다

목 찢어지는 소리가 마당을 타고 들판으로 흘러갔다

손가락이 뒤집혔다

아문 손가락은 물결처럼 휘어졌다

안주인은 말라붙은 자궁에서 아들 하나를 얻었다

늦게 핀 아들은 최전방에서 손톱만 한 월급을 모았다

흰 눈이 펑펑 쏟아지는 날 아들은 소포를 보냈다

늙은 안주인은 우체국에서 소포를 찾아 나오다

얼음에 미끄러져 뒤통수를 찧었다

끼어보지도 못한 반지가 얼음판을 굴렀다

무서운 안주인은 집 안방에 누웠다

뇌막염이 깊어져 숨이 가빴다

똥이 나오지 않아 숟가락으로 파냈다

아들은 아침 기차역에서 군홧발로 반나절을 뛰었다

아들의 여자가 신행 오는 날

안주인은 대나무 뿌리 같은 삶을 놓았다

신부는 마을 어귀에서 머리를 풀었다

잔칫상이 제사상으로 바뀌었다

마을 사람들은 안도의 한숨을 쉬었다

군홧발로 안방에 들어선 아들이 어미 앞에 엎어졌다

42_ 늦은 선물

휴일 아침 아비는 삽을 들고 뒷산으로 갔다
어린 아들이 어미 손을 잡고 아비 뒤를 따랐다
아비와 어미는 산자락 풀 많은 언덕을 바라보았다
나무와 잡초를 쳐내고 삽질을 했다
흙 속에 묻힌 머리통만 한 돌들을 골라내 한곳에 모았다
어린 아들은 작은 돌들을 들어 어미와 함께 옮겼다
집에서 쪄온 감자가 칭얼거리는 창자를 달래주었다
오후의 햇살이 살을 태우고
귀밑으로 흐르는 땀이 윗도리를 적셨다
젊은 아비는 지치지 않았다
삽으로 나무뿌리를 쳐내면서 콧김을 뿜었다
수건을 머리에 쓴 어미는 아비와 다투지 않았다
어미는 호미로 작은 돌들을 골라냈다
한철 노동으로 털 많은 산자락이 허연 배를 드러냈다
여치가 해 넘어가는 산 그림자 속으로 날아갔다
어린 아들은 돌을 옮기다 말고
통통 튀는 풀벌레를 잡으러 풀 사이로 뛰어갔다

다리 긴 여치는 아이를 놀리며 조금 더 멀리 날았다
아들은 풀숲을 헤치며 그림자 속으로 들어갔다
소나무와 맹감나무가 사이좋게 손을 잡고
칡넝쿨이 가는 손가락을 뻗쳐 소나무를 휘감았다
풀벌레를 쫓던 눈에 칡넝쿨 사이 둥그런 것이 보였다
어른 주먹보다 조금 더 큰 수박이 대롱거렸다
어미를 따라가다 길 잃은 새끼 같았다
어린 아들은 수박을 따서 두 손에 들고 뛰었다
어미가 아들의 전리품을 보고 놀랐다
수박철도 아닌데 어떻게 수박이 열렸을까
목마른 아비가 주먹으로 수박을 내리쳤다
때늦은 수박이 갈라져 속이 튀었다
아비와 어미와 아들은 수박 한 조각씩 집어 들었다
목마른 입이 붉은 살 속에 잠겼나
단물이 턱밑으로 흘러내렸다
아비와 어미는 삽이랑 호미를 챙겨들고 산을 내려왔다
어린 아들은 산길을 내려오는 동안

수박씨 들러붙은 턱을 손톱으로 긁었다

저녁 등불 아래서 밥 먹을 때

어미가 놀란 눈으로 말했다

얼굴이 왜 그러냐

어린 아들의 턱 주변이 벌겋게 달아올랐다

흉측한 두드러기는 가라앉지 않았다

봄이 오고 여름이 갔다

개간한 밭에서 고구마 줄기가 파도를 쳤다

아이는 고구마 줄기 하나를 힘차게 뽑아 올렸다

고구마 형제들이 줄레줄레 올라오다 끊겼다

아이는 수박이 있던 자리에 가보았다

칡넝쿨 사이로 어둠이 웅크리고 있었다

43 _ 뱀 몰이

새로 온 담임선생은 너그러웠다
시골 학교 아이들은 마음이 맑다고
동심은 상처받아서는 안 된다고 믿는 표정으로
땟국물이 흐르는 얼굴들을 보았다
첫 시간에 선생은 아이들이 잘못을 저지르면
선생이 잘못 가르친 것이므로
자기가 대신 매를 맞겠다고 했다

일요일 아침 보리밥을 몰아넣은 아이들이 몰려나왔다
논두렁에서 소꼴을 베던 아이가 소리쳤다
뱀이다
아이들이 막대기를 들고 뱀을 몰았다
얼굴이 검게 탄 아이가 고무신을 벗고 논으로 뛰어들었다
뱀은 벼 사이를 헤엄치다 논두렁을 타고 올라왔다
와, 구렁이다
이거는 비싼 거야
물뱀하고는 비교도 안 돼

큰 아이가 긴 강아지풀을 둥그렇게 묶어 올무를 만들었다
작은 아이들은 소리를 지르고 막대기로 땅을 쳤다
뱀은 큰 아이 쪽으로 내달리다 올무에 걸려들었다
강아지풀 줄기가 뱀 모가지를 조였다
뱀은 버둥거리다 늘어졌다

아이들은 선생의 뜻을 알아보지 못했다
큰 놈이 작은 놈을 패고
해오라는 숙제를 안 하고
돈을 훔쳤다
낙심한 선생은 회초리를 가져와 아이들을 한 줄로 세웠다
선생은 바지를 걷고 책상 위에 올라갔다
내가 잘못한 거니까 너희들이 내 종아리를 열 대씩 쳐라
책상 사이에 아이들이 줄을 섰다
얼굴이 검게 탄 아이는 입을 삐죽 내밀고
때려도 진짜 괜찮을까
의심쩍은 표정으로 쭈뼛거리며

선생의 하얀 종아리에 회초리를 댔다
선생은 종아리에 힘을 주며 세게 치라고 했다
얼굴 검은 아이는 어색한 상황을 견디려는 듯
어깨를 올려붙이고 종아리를 때렸다
여섯 대, 일곱 대…… 회초리를 치는 손에 재미가 붙었다
책상 위 담임선생의 종아리가 빨개졌다
아이들은 종아리를 때리면서 킥킥거렸다

큰 아이가 뱀을 들고 앞장서서 걸었다
작은 아이들이 소리를 지르며 뒤따랐다
학교 앞 네거리에서 큰 아이는
키 작은 아이에게 뱀을 들게 했다
배구시합을 끝내고 나온 교장선생이 아이들을 보았다
너희들 여기서 뭐하나
올무에 걸려 늘어진 뱀을 보고 교장선생이 큰소리로 말했다
야, 그놈 크다
다른 선생들이 거들었다

이거 구렁이구만

구렁이는 구워먹는 것이 최고지

탕으로 먹어야 더 맛있지 않나요?

교장선생이 물었다

이거 너희들이 직접 잡았냐

아이들이 기어들어가는 목소리로 대답했다

예, 우리 동네 논에서……

교장선생은 아이들에게 구겨진 지폐 한 장을 꺼내 주었다

아이들 눈에서 실망의 빛이 휙 지나갔다

심술 난 큰 아이가 돌아오는 내내 작은 아이들에게 욕을
했다

담임선생은 책상에서 내려왔다

아이들은 책보를 허리에 묶고 논길을 달려 집으로 갔다

수업이 끝난 선생은 학교 앞 술집에서 막걸리를 마셨다

나무탁자에 끼인 술 찌꺼기를 물끄러미 바라보았다

미루나무 그림자를 자빠뜨려 길쭉하게 늘여놓고

벌건 해가 산으로 넘어갔다

44 _ 황홀한 밤

몸집이 큰 개는 새끼를 네 번이나 낳았다
누런 털이 사자 갈기같이 길었다
이름을 부르면 멀리서 숨 가쁘게 뛰어왔다
아비는 식구 같은 개를 팔아버리고
도사견 피가 튀다 만 잡종 새끼를 들였다
개장수가 와서 잡아갈 때
개는 꼬리를 세워 으르렁거렸다
개장수는 개를 잡지 못했다
아이들은 개를 팔면 안 된다고
악을 쓰면서 좁은 마당을 뒹굴었다
안쓰러운 어미가 마지못해 한마디 했다
그만 하고 들어가라
몸집 큰 개는 주인의 말을 따랐다
개장수가 가져온 마대 속으로
강아지처럼 낑낑거리며 들어갔다
너무 말라서 좀 찌워서 잡아야겠소
개장수는 그렇게 말했지만 그날로 개를 잡았다

갈기 없는 잡종은 대나무처럼 빠르게 자랐다
아무거나 닥치는 대로 먹어치웠다
마루 밑 먼지 쓴 신발 밑창까지 뜯어먹더니
쭈그려 앉아 시름시름 앓았다
밥을 주어도 먹지 않았다
마루 밑에 기어들어가 눈을 껌뻑이다 죽었다
어미는 죽은 개를 잡았다
부엌칼이 창자를 가르자 아이 주먹만 한 나무토막이 나왔다
이걸 먹고 그 고생을 했구나
어미가 소금에 창자를 씻어냈다
아비는 일터 사람들을 집으로 불렀다
어미는 개고기를 퍼 날랐다
개고기는 먹어도 먹어도 끝이 없었다
만취한 국장은 노래를 부르다 말고
대야를 뒤집어쓰고 마당에서 춤을 추었다
아비는 손뼉을 치고 노래를 따라 불렀다

죽은 개가 베푼 격렬한 밤이 지나갔다

아비는 먼 곳으로 발령이 났다

시외버스가 덜컹거릴 때마다 무거운 몸이 좌우로 흔들렸다

먼 곳에서 아비는 대접을 받지 못했다

분한 마음을 다스리지 못해 간이 상했다

눈에 황달이 끼었다

아비는 사표를 내고 집으로 돌아왔다

개 잡던 날의 어지럽고 황홀한 밤이

멀리서 찾아와 이불 속에서 짖었다

45_ 그림자극

크리스마스 전날 밤, 바람이 차가웠다
마을 앞 하꼬방 같은 교회당에 불이 환했다
찬송가도 모르고 성경책은 본 적도 없는 아이들이
연필 한 자루 얻으려고
마룻바닥에 무릎 꿇고 앉았다
냉기에 갈라져 핏기 번진 손등도 얌전히 앉았다
전도사는 오래 준비한 그림자극을 보여주었다
그림자 하나가 집을 떠났다
집에서 받은 돈 보따리가 무거웠지만 발걸음은 가벼웠다
늙은 그림자가 멀어져 가는 그림자를 오래 바라보았다
그림자는 논둑길을 지나 신작로를 걸어 도시로 갔다
춤추는 여자들을 만나 돈을 뿌리고
달큰한 술을 몇 동이나 비우고
푹 삶은 고기 안주를 먹었다
즐거움은 아무리 퍼내도 바닥을 보이지 않았다
가을이 가고 봄이 오고 다시 겨울이 왔다
즐거움은 줄지 않았지만 보따리가 줄었다

세월이 흘러 빈 보자기만 남았다

옷이 닳아 무릎에 구멍이 났다

그림자는 동냥아치가 돼 거리를 헤매었다

냄새 나는 비렁뱅이를 아무도 거들떠보지 않았다

창자가 들러붙은 그림자는 농가를 기웃거렸다

돼지우리 여물통에서 향기로운 음식 냄새가 났다

그림자는 여물통에 엎드려 돼지들과 함께 여물을 먹었다

배가 불러오자 눈물이 났다

돌아가지 않으리라 마음먹었던 집이 그리워졌다

고향은 변한 것이 없었다

신작로도 논둑길도 집도 떠날 때의 모습 그대로였다

늙은 그림자가 돌아온 그림자를 껴안으며 눈물을 흘렸다

손톱 밑에 때가 낀 아이는 교회당 마룻바닥에 앉아

그림자가 뿌려댄 돈이 아까워 주먹을 폈다 쥐었다

여물통의 여물을 퍼먹는 그림자를 보며

그 맛이 어떨지 상상해보았다

얼마나 배가 고파야 여물통에 머리를 처박을 수 있을까

우리 집 돼지우리엔 설거지하고 남은

밥찌꺼기랑 구정물뿐인데

배가 고프면 구정물도 맛이 있을까

여물통을 지나 그림자는 돌아왔다

높은 곳에서 아주 큰 나선형을 그리며

밑으로 밑으로 기어 내려와 처음 그 자리로 왔다

에서의 그림을 닮은 길은

아래로 돌아 바닥에 이르러

높은 곳에 올랐다

카타바시스를 닮은 아나바시스

아비는 돼지를 잡아 잔치를 벌였다

46_기도

히잡 쓴 여자 둘이 바위 뒤에 웅크려 숨을 죽였다
어머니, 왜 우리에게 이런 일이……
대낮인데 하늘이 어두웠다
핏기 없는 사내는 하늘을 올려다보았다
움푹 꺼진 뺨을 검은 터럭이 덮었다
말라붙은 입술이 아비를 불렀다

살려 달라고 소리쳐도 대답 없는 아버지
밤새 울부짖다가 입술이 다 갈라져버렸네
세상은 구더기를 밟듯이 나를 짓밟고
가래침을 뱉고 빈정대고
창에 찔린 곳이 너무 아파 견딜 수 없네
창날이 배 속을 헤집고 다녔어
내장이 다 기어 나온 것만 같아
여기까지 올라오는 동안
뼈 마디마디가 삭은 홍어처럼 늘어져버렸어
촛농같이 흘러내리는 내 살점들

누가 나에게 물 한 모금만 주면 좋겠는데
하늘은 대답이 없고
내 피는 다 빠져나가고
나를 아는 사람들은 나를 모르는 척하고
아, 아버지, 아버지 왜 나를……

머리에 히잡을 쓴 여자들이 숨어서
입을 틀어막고 울었다
병사 둘이 시체를 내려 질질 끌고 갔다
검은 머리털에 먼지가 일었다

47 _ 베단타 나무

천공을 파고드는 뿌리가

억센 그물같이 퍼져 저 먼 하늘을 가렸다

나무의 몸통은 아래로 자라고

새끼 친 가지들이 갈라지고 뻗어나가

세상을 실핏줄처럼 덮었다

가지마다 동글동글 달린 열매들이

폭포수 아래 튀어 오르는 물방울처럼 반짝였다

어떤 열매는 탐스럽게 익었고

어떤 열매는 벌레 먹었다

열매는 가지 끝에 열렸고

가지는 몸통에서

몸통은 뿌리에서 자랐다

뿌리는 하늘 저 먼 곳에서 뽑아낸 양분으로 열매를 키웠다

창공에 뿌리박고 세상을 덮은 나무는 열매의 어미

열매는 나무의 새끼

열매는 열매끼리 형제자매

저 연어알같이 흩어져 반짝이는 새끼들은

어미의 품에서 자란 것들

열매 속에는 어미를 닮은 나무가 잠들었다

열매는 나무, 나무는 열매

세상을 덮어 세상이 된 나무는 홀로 있는 것이 싫어

꽃을 피우고 열매를 키웠다

탐스럽게 자라는 열매를 보면 기뻐서 웃고

병든 열매를 보면 슬퍼서 울었다

열매 껍질에 구멍이 나도 씨앗은 제힘으로 자랐다

열매가 익어 떨어지면 뿌리를 적시며 뿌리로 스며들었다

어미의 품에서 자란 것들

어미의 품으로 돌아가고

비좁은 자궁에서 나와 놀던 것들

때가 되면 아주 큰 자궁으로 거슬러 올라가고

어미의 통통한 가슴은 새끼를 다 품고도 넉넉했다

거웃을 내놓고 가부좌를 튼 사내

눈 감은 채 입을 옴죽거리다 말고 웃었다

48_ 텅 빈 얼

수염이 희어진 사내는 산 아래 오두막을 짓고 밭을 갈았다
밭일하다 말고 고개를 들었다
하늘과 사람과 땅이 하나로 꿰뚫렸다
체험의 전류가 하도 세게 흘러 몸이 타버릴 것 같았다
다마스쿠스로 가던 길에 사울에게 떨어진 소리가 그렇게
날카로웠을까
에르푸르트로 돌아가던 청년이 벼락을 맞고 느낀 두려움이
그렇게 컸을까
길은 하나였고 한길이 모든 곳으로 통했다
형형색색 세상의 껍질을 벗겨내고 나면
일체가 한 몸이었다
뱀이 때가 되면 허물을 벗듯
누더기 같은 육신은 때가 되면 버려야 하는 것
지켜야 할 건 과육이 아니라 씨앗
밥을 하루 한 끼로 줄였다
뒤꿈치를 들고 날지 못하는 새처럼 쭈그리고 앉아
날곡식을 씹어 먹었다

잠은 널빤지에서 잤다

일어나 기지개를 켜고 관 뚜껑을 열었다

하루가 한 생이었다

눈에 보이는 것들을 흘려보내고

보이지 않는 것을 돌보았다

분신같이 여기던 제자가 계를 어기자

사람들 보는 앞에서 혼 구멍을 냈다

고개 숙인 제자는 말없이 꾸지람을 들었다

치매가 누에고치 걸음으로 파고들어 머릿속을 갉아먹었다

톨스토이처럼 수염을 기른 사내는 집을 나가

몇 날 며칠 길에서 길을 잃었다

기억을 잃은 혼은

죄로 물든 혼인가

상한 혼인가

아니면 다 버리고 버려

텅 빈 혼인가

우주에 텅 빈 것이 가득했다

49 _ 비슈누

지팡이를 짚은 남자가 문을 열었다
문턱을 넘어 멈춘 남자는 유령 같았다
여자가 놀라 일어섰다
남자의 다리가 절뚝거렸다
남자는 지팡이를 들어 천장에 매달린 것을 툭툭 쳤다
하루 종일 아무것도 못 먹었어
명절에 쓰려고 놔둔 기름덩어리를 두르고
여자는 양파 두 개를 볶아서 내놓았다
아이는 잠결에 남자가 양파를 씹어 먹으며 하는 말을 들었다
돈은 없고 소까지 팔아버렸으니
이렇게 계속 살 수는 없어

아이는 새벽에 일어나 집을 나왔다
뗏목을 얻어 타고 강을 내려갔다
마을이 강물을 거슬러 흘렀다
개 한 마리가 수레를 끌고 마을 앞길을 지나갔다
늙은 개는 뗏목을 보고 컹컹 짖었다

아이는 개의 슬픈 눈을 보았다
강물이 휘감아 도는 곳에서
뗏목은 몇 바퀴 맴을 돌았다
강물의 손톱이 삐쭉삐쭉 솟아 뗏목을 할퀴었다
뗏목은 하구의 시장 앞에서 멈췄다

사람들이 기도를 하러 예배당으로 들어갔다
예배당 벽마다 돌에서 막 머리를 내민 신들이 뒤엉켰다
콧물을 매단 아이들이 담 밑에 쭈그려 앉아
얻어온 담배에 불을 붙여 빨았다
흰 연기가 느릿느릿 천국을 향해 올라갔다
뗏목에서 내린 아이는 예배당 사람이 하는 말을 들었다
비슈누 신은 아주 커서 재채기를 하면
세상이 흔들린다고 했다
신이 잠깐 조는 사이 꿈속에서 벌어지는 일이
우리의 일생이라고 했다
우리의 괴로움도 즐거움도

신의 마음에서 일어나는 일이라고 했다
아이는 집에 두고 온 엄마를 생각했다
팔려간 소가 고개를 돌리고 울었다
수레를 끌던 개가 헐떡였다
마을에 안개가 내려 예배당을 삼켰다
잠에서 깬 신이 입을 쩍 벌리고 하품을 했다

50_ 쑥부쟁이 꽃

쾨니히스베르크에서 기별이 오지 않으면
레싱의 혀는 갈증으로 타들어갔다
죽은 플라톤의 베개 밑에서 책 한 권이 나왔다
데모크리토스의 책은 손때가 배어 번들거렸다
플라톤은 적수의 책을 몰래 읽었다
먼 곳을 향한 동경은 타고난 것이라고
리케이온의 선생은 자연책 뒤에 붙은 책 첫 구절에서 말했다
세계 저 너머에 있는 것을 알고자 하는 욕구는
사라지지 않는다고 스승에게 덤빈 제자는 단언했다
볼가강에서 온 사내는 쇠못을 촘촘히 박은 널빤지에 누워
육체의 고통을 어디까지 견딜 수 있는지 실험했다
고행자들과 어울려 다니다 뼈가 앙상해진 청년은
다리를 틀고 앉아 육체의 고통 너머를 응시했다
꼬꾸라진 청년은 여자가 준 젖을 먹었다
육체는 흐물흐물 풀어지고 너덜너덜해졌다
관절이 굳어 비틀거리던 청년은
앉은 채로 빛의 폭포 속으로 들어갔다

가장 작은 것 속에 들어 있는 무한은
가장 큰 것 속에 들어 있는 무한과
크기가 같다는 사실을 곁눈질하고
갈릴레이의 입은 다물어지지 않았다
먼 곳을 돌아 집에 온 탕자의 눈에
아주 가까이 있는 것이 보였다

어른의 마음속에 어른만큼 나이든 아이가 살았다
날이 시들면 울고 비가 내리면 더 크게 울었다
한낮의 동냥질하는 목탁소리와
땅거미 지는 저녁의 속삭임을 들었다
어미의 혼은 어둠 속으로 잠기고
아비의 몸은 땅속에 묻혔다
아비의 무덤에서 풀이 자라고
버릇없이 날아든 쑥부쟁이가 옅은 자줏빛 꽃을 피웠다
노란 꽃술 속에서 아직 늙지 않은 어미가 웃었다
어미의 웃음소리가 아비의 무덤을 깨웠다

피와 살과 죽음이 모여 잔치를 벌였다

크리슈나가 두 팔을 뻗어 기지개를 켰다

팔은 담쟁이덩굴이 되어 땅을 덮었다

툰드라에서 덩굴손을 뜯던 순록이 고개를 들어

히말라야 산맥을 넘어가는 새떼에게 눈인사를 했다

새들이 지저귀는 소리를 들으며

남자는 이른 아침 창문을 열었다

밤새 굶은 새들이 내려와

손바닥의 모이를 톡톡 쪼았다

정신의 오디세이아, 복화술사의 자서전

신형철 (문학평론가)

    물론 『그리스인 조르바』를 좋아하기는 하지만 나는 조르바처럼 살 수도 없고 살고 싶지도 않다. 조르바 때문에 인생이 바뀌었다고 말하는 사람은 이미 충분히 많다. 아닌 게 아니라 여러모로 니체의 '초인'을 떠올리게 하는 그를 칭송할 만한 이유는 충분히 있을 것이다. 그러나 내가 그 소설을 끝까지 따라갈 수 있었던 것은 조르바의 호방한 에피소드들 때문이 아니라 그것을 자탄自歎하며 지켜보는 화자 '나'에게 느낀 묘한 동질감 때문이었다. 카잔차키스 그 자신의 투영으로 보이는 '나'는 작가인데, 그는 어느 날 문득 자신이 한낱 '책벌레'에 불과하다는 생각에 사로잡혀, 어디 한번 인생이라는 것과 온몸으로 부대껴보겠노라 고향으로 돌아가는 길이었고, 마침 그때 조르바를 만난 것이었다. 그러나 흥미롭게도 그는 조르바와 함께 지내는 기간 내내 책을 내려놓지 못한다. 몸으로 배운 것이 아무리 많더라도 그것을 책으로 다시 한 번 성찰하지 않으면 결국 아무것도 아닌 것이 되어버리는 사람이 이 세상에는 존재하는 것이다. 그런 이에게 책읽기란 '인생을 위한' 일이 아니라 그 자체로 '인생인' 일이다.

이 시집의 저자가 바로 그런 사람이다. 그래서 이 시집의 1차 재료는 무엇보다 책이라고 해야 옳겠지만, 그렇다고 이 시집이 단지 운문으로 쓰인 서평을 묶어놓은 책은 당연히 아니다. 디오니소스적인 삶을 세상의 조르바들에게 양보했기 때문에 책벌레들은 대체로 아폴론적인데, 하물며 고명섭의 시집이라면 분명 정교한 내적 질서를 가지고 있으리라. 대체로 역사의 흐름을 따라가며 철학자와 문학자의 삶을 다루고 있으니 일단은 시로 쓴 지성사 혹은 정신사라고 해야 옳겠다. 그 전체 체계를 떠받치는 개개의 시편들은 대부분 특정 인물에 대한 마이크로 평전으로 돼 있다. 그들의 사상보다는 삶이 전면에 나와 있고, 사상의 기원이 그 삶의 미소(微小)한 국면들에서 찾아진다. 철학과 문학을 당사자들의 삶으로 환원하고 있고, 그 환원은 대상 인물에 대한 사려 깊은 감정이입에 힘입어 대체로 성공적이다. 이 시집이 독특한 매력을 갖게 된 데에는, 지적 편력 혹은 섭렵의 위력은 새삼 거론할 필요도 없겠고, 무엇보다 저 섬세한 환원주의가 결정적인 역할을 했다고 해도 과언이 아니다.

그런데 의아하고도 흥미로운 점 하나를 지적하고 싶다. 마이크로 평전이라고 했지만, 그 평전의 대상 인물이 누구인지를 소극적으로만 밝히거나 아예 밝히지 않은 경우가 꽤 있다는 점 말이다. 인문학에 밝거나 평전 읽기를 즐기는 독자라면 그런 시를 읽자마자 '이 사람은 누구일까요?'하는 수수께끼를 건네받은 것처럼 애가 달을 것이다. (고백하자면 나 역시 아직 다 알아내지 못했다.) 여느 시집들과는 또 다른 재미를 느끼게 하는 포인트라 불평할 일은 전혀 아니되, 그렇게 한 이유가 무엇인지 곰곰이 생각해 보게는 된다. 그야말로 '세계사적 개인'의 삶은 그 자신만의 것이 아니라 호모 사피엔스 전체의 것이라는 뜻일까. 그보다 더 구체적인 의도가 있었을 것 같다. 어쩌면 이 저자는 자신이 천착한 사상가와 예술가의 삶의 한 국면에서 바로 자기 자신의 삶을 본 것이었으리라. 제 이야기를 정색하고 늘어놓는 것은 쑥스러워 이 인문학자는 그들의 에피소드 속에 숨어 자신을 슬쩍 드러내 보이고 있는 것은 아닌가. 그러니 이 저자를 복화술사라고 부르지 않을 수가 없다.

요컨대 이 시집은 시로 쓴 지성사/정신사이면서 동시에 저자 자신의 성장사/인생사이기도 한 것이라고 나는 읽었다. (이를테면 이 작은 책은 『정신현상학』이면서 『빌헬름 마이스터』이기도 한 것을, 그것도 다름 아닌 시로 쓰겠다는 야심의 소산일 수 있다는 뜻이다.) 그래서 나는 이 시집에 수록된 시편들 대부분에서 시의 주인공에 대해 생각할 때 그 주어로 '(실제 그 삶의 역사적 주인공인) 그는'과 '인간은'과 '고명섭은'을 동시에 떠올려야 하는 어떤 번거로움을 느껴야 했다. 그것은 아주 흥미진진한 번거로움이었다. (그래서 아래 글에서 내가

'그는'이라고 지칭할 때 그것은 앞의 세 층위의 주체를 모두 포괄하는 것으로 읽혀야 한다.) 그러나 주어가 누구이건 여하튼 이 시집은 바로 그/인간/고명섭의 사死이니까, 여느 시집이야 아무 곳이나 펼쳐서 마음 가는 대로 읽는 것이 허락될 수도 있지만, 적어도 이 시집만큼은 가급적 처음부터 끝까지 순서대로 읽어야 할 것 같다. (이례적이게도 각 시편에 번호를 붙인 것 역시 그런 뜻이 아닐까 짐작한다.) 그렇게 읽는다는 것은 어떤 내러티브를 찾아낸다는(혹은 부여한다는) 뜻이기도 하다. 출가로 시작해서 귀환으로 끝나는, 어느 개인적·인류적 정신의 편력기 말이다.

프롤로그

맨 앞에 놓여 있는 세 편의 시를 이 편력기의 프롤로그라고 지칭해도 될 듯하다. 이 편력의 동기, 각오, 방법이 밝혀져 있어서다. 첫 시 「1_기억의 건축술」은 '동기'를 밝힌다. 그는 (아마도) 『악의 꽃』과 『말테의 수기』를 들고 우크라이나 키예프 정교회 수도원에 서 있는 듯싶다. 저 두 권은 청년기 이래로 그를 여기까지 오게 한 그 무엇이리라. 인간은 죽어 해골이 되지만 책은 이렇게 남아 있다. 그래서 그는 이렇게 "시간의 악력에 부서지지 않는 기억의 건축술"을 익히겠노라 말한다. 이어지는 「2_지하에서」에서는 '각오'를 적었다. 자기 자신과 대결하며 초월을 도모한 고행자들이 단 한 줄의 문장도 남기지 않고 죽어간 것을 생각하면서 그는 그들이 남긴 뼈에서 문자보다 더 깊은 문자를 발견한다. 역설적이지만 문자 따위는 쓰지 않겠다는 그 결연한 마음으로만 문자를 쓰겠다고 말하는 듯하다. 문자 대신 남은 뼈, 그 뼈에서 나는 소리로 집을 짓겠다고 했으니 말이다. '동기'와 '각오'를 밝혔으니 이제 '방법'이다. 「3_상형문자」는 책의 숲 속에서 상형문자를 해독하는 이의 모습을 보여준다. 그러니까 그는 '책에 대해 말하는 책'을 쓰는 길을 택한 것이다.

출발의 원형

「4_우는 어미」, 「5_양가죽 여자」, 「6_시든 꽃 미음」, 「7_바다의 숲」으로 이어지는 시편들은 이 편력기의 도입부를 이룬다. 인생의 어느 시점에, 더 넓은 세상을 향해 눈을 돌리게 될 어느 젊은 정신의 내면을, 그 내면의 미묘한 조짐을 포착한 시들로 읽힌다. 아마도 이 시들에 적혀 있는 에피소드와 감정은 이 시집에 실린 다른 시들보다도 더 직접적으로 저자 자신의 개인적 체험들에서 길어 올린 것으로 짐작되지만, 그러나 저자는 언제나 어느 지점 이상으로 내용을 구체화하지는 않으며, 그래서 이 시들은 특정한 누군가의 실제 사연이라기보다는 어느 허구적 작품의 일부분처럼 보이도록 배려돼 있다. 그러니 어머니의 눈물을 본 날의 강렬한 인상을 그린 시(「4」), 『죄와 벌』을 평행 텍스트로 배치하고 어느 남녀의 엇갈린 만남을 그린 시(「5」), 어머니의 만류 앞에서도 저는 "방황"할 운명이라고 선언하는 자식의 복잡한 심사를 드러낸 시(「6」), 마침내 떠나는 이의 모습을 말라르메의 「바다의 미풍」처럼 그린 시(「7」)는 모두 고명섭의 것이자 우리 모두의 것이며 결국은 '떠나는 인간'의 원형적 모습이기도 한 것이다. 그리고 이제 본격적인 "숲의 상형문자" 해독 작업이 시작된다.

모험과 영웅

「8」에서 「12」까지의 시들에 '모험'이라는 소제목을 붙여도 좋을 것 같다. 주요 등장인물은 갈릴레오, 길가메시, 모세, 인어공주, 오디세우스와 오이디푸스 등이다. 고대 헬레니즘과 헤브라이즘의 신화로부터 르네상스의 과학자에 이르기까지, 이들은 모두 제 자신을 둘러싸고 있는 한계를 돌파하려 한 인물들이어서 지금까지도 말 그대로 신화적 존재로 남아 있다. 이중에서도 맨 앞에 배치돼 있는 작품은 「8_갈릴레오, 코기토」인데, 이 시집의 맨 마지막 시(「50_쑥부쟁이 꽃」)에도 갈릴레오가 다시 등장한다는 점을 눈여겨본다면, 진리 그 자체에 헌신한 영웅 갈릴레오는 이 저자에게 각별한 인물이 아닌가 짐작해 보게 된다. 특히 "자연은 신이 빚어낸 작품이 아니라 수학이라는 언어로 쓰인 책"이라고 말하면서 '책으로서의 세계'를 규정하는 대목이 인상적이다. 책의 숲에서 상형문자를 해독하는 것을 제 사명으로 삼은 이 시집의 저자와도 서로 공감하는 바가 있을 것 같아서다. 앞의 구절에 이어지는 대목을 아래에 옮겨 적고 싶어진 것은, 이 구절들이 어떤 경건한 아름다움에 도달해 있다고 여겨져서이기도 하지만, 여기에 담겨 있는

벅찬 감정이 저자의 그것이기도 하겠다고 느꼈기 때문이다.

> 그 책을 누가 썼는지는 알 수 없지만
> 아무리 복잡한 문장도 아무리 긴 단어도
> 시간만 넉넉히 준다면 읽어낼 수 있었다
> 돌은 돌을 닮은 숫자가 되고
> 나무는 나무를 닮은 기호가 됐다
> 비는 문법을 타고 내려오고
> 물은 공식을 타고 강으로 갔다
> 수증기는 법칙을 타고 올라가고
> 별은 보이지 않는 궤도 위에서 돌았다
> 늙은 남자는 수학의 가슴에 머리를 박고 귀를 꼭 막고
> 우주가 합주하는 음악을 들었다
>
> ──「8_갈릴레오, 코기토」 부분

이 시에 유독 진한 방점이 찍혀 있는 듯도 하지만 이어지는 시편들에서도 모험하는 주체들의 면면은 강렬하다. 「9_길가메시」는 '필멸'이라는 궁극의 인간 조건과 투쟁한 저 고대의 영웅을 현대적인 생생함을 갖는 인물로 다시 그려냈고, (사르트르가 아니라) 인어공주를 다룬 「11_존재와 무」에는 이 동화 속 주인공의 험난한 실존적 기투가 인상적으로 요약돼 있기도 하지만, 이 이야기를 처음 접하는 어느 어린 독자가 존재와 무에 대한 깨달음을 얻는 과정이 액자처럼 둘러져 있어 더

흥미롭게 읽힌다. 이어지는 「12_세이렌, 스핑크스」는 별개의 시로 독립시킬 가치가 충분한 두 인물을 함께 다루고 있어 그 저의에 관심을 갖게 되는데, 오디세우스와 오이디푸스의 모험이 교차 편집되다가, 세이렌의 유혹을 이겨낸 이후 오디세우스가 허탈한 공허감("휑한 바람")을 느꼈고 또 끝내 파멸한 오이디푸스가 오히려 역설적 성취감("진실을 알아냈다는 어두운 쾌감")을 느꼈으리라고 해석하는 데에 이르면, 어떤 측면에서는 가장 진부한 상징이 되어버린 감이 있는 두 인물에 대해서 아직도 얼마든지 매력적인 재해석이 가능하다는 점을 인정하지 않을 수 없게 된다.

성취와 성채

「14」에서 「22」에 이르는 시들은 차례로 플라톤, 아우구스티누스, 아퀴나스, 루소, 칸트, 헤겔, 니체에게 할애돼 있다. 고명섭은 인문과 역사와 예술을 아우르는 저자로 알려져 있지만, 내게 이 저자의 이름은, 근래의 묵직한 니체 연구서 때문만은 아니더라도, 역시 철학에 가장 가까운 이름이다. 그래서 시의 완성도도 완성도지만 대상의 면면만으로도 이 대목이 이 시집의 절정일 수 있겠다는 예감을 갖게 한다. 아닌 게 아니라, 플라톤에서 니체까지라면, 서구 형이상학의 탄생과 완성과 그 해체에 이르는 긴 역사가 여기에 포괄돼 있는 셈이다. 「14_이데아, 빛」은 '동굴의 우화'를 플라톤이 꾼 악몽인 것으로 설정하여 진리에 대한 열망과 그것에 대한 두려움이 불가분의 것임을 통찰한다. 「15_히포의 사제」와 「16_탁발 토마스」는 중세 철학의 두 거물의 일생을 빠른 속도로 재현하고 있는데, 전자는 적절하게도 아우구스티누스의 저 유명한 회심^(回心) 사건에, 후자는 광폭한 진리 추구의 일생을 살아내고 마침내 저술을 포기한 아퀴나스의 말년에 특히 강한 조명을 비춘다.

이렇게 한 인물의 생애에서 가장 결정적인 모멘트를 포착해내는 기예는 이어지는 시들에서도 여일하다. 「19_독학자」는 루소의 삶 중에서도 특히 청년기의 폭발적 열정과 말년의 박해 망상에 포커스를 맞춘다. 「20_영원회귀」는 루 살로메에게 사랑을 거절당한 시점의 니체로부터 이야기를 시작해서, 채찍질 당하는 말을 껴안고 눈물 흘리는 장면으로 널리 기억되는 죽음 직전의 니체까지를 다룬다. 「21_별들의 순수이성」과 「22_정신현상학」은 인간적 육성이 거의 느껴지지 않는 거대한 관념론 체계의 건축가인 두 철학자에게 그야말로 생생한 육체성을 부여한다. 전자는 칸트의 3대 비판서가 어떤 간절한 인간적 물음에서 출발한 것인지를 알려주는데, 바로 그것을 말하고 있다는 것을 독자가 놓치게 될 정도로 감각적인 문장들(주로 의문문들)을 유려하게 활용했고, 후자는 친구 횔덜린의 정신적 위기를 지켜보며 시의 세계로부터 빠져나와 더 거대한 정신의 서사로 이행하는 시점의 헤겔에 초점을 맞추어 『정신현상학』의 그 건조한 문장들 아래에 어떤 뜨거움이 놓여 있었던 것인지를 조금은 짐작할 수 있게 한다.

실패의 교훈

확실히 철학자를 다룬 위의 시들은 다른 시들보다도 몇 도 높은 온도를 갖고 있는 것처럼 느껴진다. 진리에 대한 강렬한 열망에 이끌려 삶의 전 생애를 불사른 이들에 대한 동경도 동경이지만, 특히 그들이 이룩한 거대한 사상적 체계의 아름다움에 대한 매혹이 이 저자에게는 중요했던 것이 아닐까 짐작한다. 다시 말하지만, 디오니소스적인 삶은 세상의 조르바들에게 양보해버린 책벌레들은 대개 아폴론적이어서, 그들은 체계의 아름다움을 사랑한다. 체계는 아름다울 수 있다. 체계에의 열정도 아름다울 수 있다. 그러나 '체계에의 열정'이 드디어 '체계'를 이룩해 나가는 과정은 끔찍할 수도 있다. 체계를 이룩하기 위해서는 그야말로 '체계적인' 배제가 작동하지 않으면 안 되기 때문이다. 그것이 단지 사상적 체계가 아니라 국가적 체계로 관철될 때 그것이 급기야 피를 부를 수도 있다는 것을 우리는 근대 이후의 역사를 통해 이미 잘 안다. 이 시집이 플라톤에서 니체에 이르는 위대한 성취들에 이어 그것의 필연적 그늘처럼 보이는 어떤 실패의 사례들을 잇달아 다루는 것은 그런 맥락에서일 것이다. 로베스피에르, 스탈린, 히틀러가 등장하는 세 편의 시는 이렇게 별도로 묶어 다룰 가치가 있다.

깨끗한 옷을 고집하다 보면 피를 뒤집어쓰게 돼
병균이 한 점도 없는 세상을 만들려다가

세상 자체를 박멸하게 된다니까
그때는 덕이라는 것도 남아나지 않게 되지
넌 순수한 것만 사랑하다가 눈빛이 변했어
폭군 없는 세상을 세우려다가 폭군이 되고 말았어
—「로베스피에르, 당통」 부분

　이것은 로베스피에르에게 당통이 하는 말이다. 옛 친구의
충고에 로베스피에르는 이렇게 응답한다. "덕을 믿지 않는
놈은 가난한 사람들의 적이야. 적을 받아줄 만큼 새 나라는
넉넉하지 않아." 로베스피에르가 당통의 목을 자르는 순간은
저 대혁명의 서사에서도 가장 극적인 대목에 속한다. 이 극적인
느낌은, 로베스피에르가 행하는 것이 분명 악일지라도, 로베스
피에르를 단순히 살인광 독재자라고 평가할 수만은 없다는
난감함에서 생겨나는 느낌이기도 하다. 가장 순수한 혁명의
열정이 가장 순수한 악의 모습으로 자신을 실현하는 역사의
아이러니를 생각하며 시인은 당통의 입을 빌려 위와 같은
기억할 만한 문장을 적어두고 있다. 물론 스탈린과 히틀러의
경우는 사정이 좀 다르겠다. 그래서 우리의 시인도 그들에게
어떤 선한 의지가 있었는지를 생각하기보다는 그들을 괴물로
키운 어떤 콤플렉스에 초점을 맞춘다. 「26_이오시프 주가시빌
리」는 트로츠키에 대한 스탈린의 콤플렉스를 섬세하게 파고들
었기 때문에 스탈린에 대한 진부한 초상화에서 탈피할 수
있었고, 「27_아돌프 지크프리트」 역시 불행한 유년 시절과

161

실패한 청년 예술가 시절을 보내며 경험한 좌절이 어떻게 훗날의 히틀러를 만들었는지에 주목한다. 두 시가 모두 두 독재자의 덜 알려진 이름을 제목으로 삼은 것은 그런 의도를 반영한 것이겠다.

성찰과 성숙

거대한 실패의 이름들을 지난 이후 우리는 정치에서 다시 인문과 예술의 세계로 넘어간다. 19 중반에서 20세기 중반에 이르는 기간, 니체 이후의 철학자들(하이데거, 비트겐슈타인, 사르트르 등)과 몇몇 예술가들(발자크, 바그너, 소세키, 카프카)이 여기쯤에 포진돼 있다. 예외 없이 그렇다고 말하기는 어렵지만 크게 보아 대체로 근대성에 대한 반성적 성찰과 그로 인한 성숙의 시기를 다루고 있다고 하면 어떨까 싶다. 여기서도 이 시집의 근간이 되는 방향성은 여전히 관철된다. 앞서 내가 '섬세한 환원주의'라고 부른 (물론 이 시집의 저자가 이 명명에 순순히 동의할지는 모르겠는) 그것이 작동하고 있는 터다. 예컨대 하이데거를 다루는 「29_숲의 사제」는 대뜸 "예수회 신부가 되려던 꿈을 부실한 심장이 가로막았다."라는 문장으로 시작된다. 하이데거의 철학이란 결국 "신의 사제"가 되는 데 실패한 사람이 "숲의 사제"가 된 것으로 요약될 수 있다는 결론을 암시하는 도입부다. 비트겐슈타인을 다룬 시는 특히 인상적이다. 가르치던 아이를 때렸다는 죄책감, 동성애자로서의 죄의식, 그런 것들로 인해 생겨난 자기비하, 바로 이것이

이 천재 철학자의 내면 풍경이었다.

> 죄책감에 눌린 남자는 글을 쓸 수가 없었다.
> 자기가 잘못한 사람들에게 찾아가
> 용서해줄 때까지 큰 소리로 죄를 고백했다
> 치부를 낱낱이 털어놓는 기괴한 사죄 방식에
> 듣는 사람들이 창피스러워 얼굴을 가렸다
> 도대체 왜 이러는 거예요, 그만
> 남자는 자기 몸이 더럽다는 망상에 시달렸다
> 머리를 짧게 깎고 날마다 수염을 밀어도 망상은 사라지지
> 않았다
> 남자를 사랑한다는 것은 밝힐 수 없는 범죄였다
> 제 몸 구석구석이 우범지대였다
> ―「30_헛간의 비트겐슈타인」 부분

이런 대목을 읽고 나면 『논리철학논고』나 『철학적 탐구』의
문장들이 이제는 달리 읽힐 것이라는 각오를 해야 할 것이다.
남성 지식인/예술가의 경우 소위 '아버지 콤플렉스'를 빼놓고
말하기도 어려울 것이다. 사르트르를 다룬 시 「31_호텔 노마
드」는 이렇게 시작된다. "볼품없는 유복자는 생제르맹데프레
의 카페에 앉아 글을 썼다." 시의 후반부에서도 이 시는 "아비
없이 태어난"이라는 표현을 반복한다. '본질 없이' 태어난 인간
은 실존의 의미를 찾아 몸부림친다(쳐야한다)는 실존주의의

요체는 다름 아니라 '아비 없이' 태어난 철학자의 삶에 그 뿌리를 두고 있다는 해석일 테다. 그러므로 이 시에서 사르트르는, 무엇보다도, 유복자다. 「36_의지와 몽상의 오선지」에서 바그너가, 무엇보다도, 사생아인 것과 같다. "사생아의 마음 한쪽에서는 노래가 타오르고 / 다른 한쪽에서는 증오가 타올랐다." 반대로 아비가 없어서가 아니라 있어서 문제였던 사람도 있다. "유리잔 같은 아들은 책을 쌓아올려 아비의 목소리를 막았다."(「32_몰래 쓴 편지」) 물론 카프카 이야기인데, 이 시처럼 정곡을 찌르는 요약일 수 있다면 시가 한 권의 긴 평전을 품을 수 있을 것이다.

소세키의 경우는 결이 좀 다르다. 「34_런던의 원숭이」라는 제목이 이미 암시하듯 그의 가장 강력한 콤플렉스는, 유년기에 부모에게 버림받은 체험도 체험이지만, 유학중에 경험한 인종적 콤플렉스일 것이기 때문이다. 게다가 "움직이는 버넘 숲을 폼 나게 읽고 병든 장미를 암송해 봐도", 그러니까 셰익스피어의 『맥베스』를 읽고 윌리엄 블레이크의 시를 외워본들, 그것은 그들의 것이지 '원숭이'의 것은 아니었던 것이다. 그를 "이야기의 밭에서 쟁기를 끌던 소"라 표현하는 시인은 그의 죽음을 이렇게 보고한다. "열등감이 밀고 온 쟁기의 자국이 길었다." 이 작품 뒤에 「35_게걸스러운 펜」이 이어지면서 시대를 거슬러 발자크를 호출해낸 것은 '이야기의 밭을 가는 소'(소세키)에 이어 '이야기의 열차를 끄는 기관차'(발자크)를 잇대어 놓아보고 싶었기 때문이리라. 제 이름 사이에 '귀족의 표지'(오노레

164

'드' 발자크)를 넣고 백작부인을 아내로 맞이하겠다는 그 마음을 시인은 "허영심"이라고 규정하는데, 발자크의 기관차란 다름 아니라 그 허영심임을 예리하게 지적한다. 소세키와 발자크만일까. 이 두 시에는 두 작가의 이름이 한 번도 등장하지 않는다. 시인도 나도 당신도, 모두 열등감으로 쟁기를 밀고 허영심으로 열차를 끌고 있다는 뜻으로 읽히는 것을 막기가 어렵다. 아니, 어쩌면 역사가 본래 그런 것이라는 뜻인가.

탕자의 귀환

아무래도 도스토예프스키의 전회轉回를 다룬 「38_표도르 미하일로비치 피티아」가 후반부를 예고하는 시였던 것 같다. 정신의 오디세이아를 그려 보이던 이 시집은 이쯤에서 방향을 틀어 결말로 향한다. 「47_베단타 나무」에는 온 세상을 뒤덮은 신화적인 나무가 등장하는데, 그 "어미의 품에서 자란 것들 / 어미의 품으로 돌아가고 / 비좁은 자궁에서 나와 놀던 것들 / 때가 되면 아주 큰 자궁으로 거슬러 올라"갈 때, 갑작스럽게도 "거웃을 내놓고 가부좌를 튼 사내"가 등장하여 뜻 모를 웃음을 웃으며 시를 닫고 있으니, 그는 그 무슨 깨달음을 가지고 고향으로 돌아갈 차비를 하는 것일까. 이어지는 「48_텅 빈 얼」에서도 밭일을 하다 말고 문득 하늘·사람·땅이 하나로 꿰뚫리는 체험을 하는 사내가 있어 '길은 하나이고 한 길이 모든 곳으로 통한다'는 것을 깨닫고 있으니, 그 역시 그 한 길을 통해 그 어딘가로 돌아가려는 자일 것이다. 한편 힌두교의 3대신 ── 브라흐마(창조), 비슈누(유지), 시바(파괴) ──중 하나를 제목으로 삼은 시가 "신이 잠깐 조는 사이 꿈속에서 벌어지는 일이 / 우리의 일생"(「49_비슈누」)임을 말하는 것도 이제 그 한 꿈(일생)의 종결을 말할 준비를 하는 것이리라. 요컨대 모든 것이 제 근원으로 돌아가려는 참이다.

> 새들이 지저귀는 소리를 들으며
> 남자는 이른 아침 창문을 열었다
> 밤새 굶은 새들이 내려와
> 손바닥의 모이를 톡톡 쪼았다.
>
> ──「50_쑥부쟁이 꽃」

그리고 마지막 시는 "먼 곳을 돌아 집에 온 탕자"가 위와 같이 아침을 맞이하는 장면으로 끝난다. "시간의 악력에 부서지지 않는 기억의 건축술"(「1_기억의 건축술」)을 익히고, "숲의 상형문자"(「3_상형문자」)를 해독하기 위해, "그래도 방황은 하지 말아야지"(「6_시든 꽃 미음」)라고 말하는 어미를 뒤로 한 채 먼 길을 떠난 이가, 인류가 일궈낸 정신의 정수를 편력/섭렵하고, 이제는 고향에 돌아와, 이렇게 아침 창문을 열고 있다. 이 끝은 이 거대한 오디세이아의 끝치고는 너무 담백해서, 끝이 아니라 차라리 어떤 시작의 순간처럼 보인다. '여행은 끝났는데 길이 시작된다.'라는 문장은 루카치의 『소설의 이론』(1부 4장)에 나오고, 이는 근대소설의 과정적·진행적

특질이 예술적 미완성의 증거가 아니라 그 자체로 하나의 완성형임을 말하기 위한 은유적 정식(定式)이지만, 맥락이 다른 곳에서도 널리 '오용'되는 아름다운 표현이다. 수시로 수십 권의 책을 펼쳐보아야 했으니 이 작은 책으로 나는 얼마나 큰 여행을 한 것이며, 이 여행으로부터 영감을 얻어 이후의 지적 편력들을 계획하게 됐으니 또 얼마나 많은 길이 새로 열린 것인가. 여행은 끝났는데 길이 시작된 것이다. ■

숲의 상형문자

초판 1쇄 발행 2017년 11월 20일

지은이 고명섭
펴낸이 조기조
펴낸곳 도서출판 b

등록 2003년 2월 24일 제316-12-348호
주소 08772 서울시 관악구 난곡로 288 남진빌딩 302호
전화 02-6293-7070(대) 팩시밀리 02-6293-8080
홈페이지 b-book.co.kr 이메일 bbooks@naver.com

ISBN 979-11-87036-29-6   03810

정가_9,000원

* 이 책 내용의 일부 또는 전부를 재사용하려면 저작권자와
  도서출판 b 양측의 동의를 얻어야 합니다.
* 잘못된 책은 교환해 드립니다.